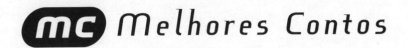 Melhores Contos

Rubem Braga

Direção de Edla van Steen

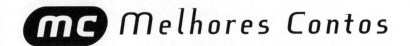 Melhores Contos

Rubem Braga

Seleção de
Davi Arrigucci Jr.

© Rubem Braga, 1985
12ª Edição, Global Editora, São Paulo 2010
1ª Reimpressão, 2012

Diretor Editorial
Jefferson L. Alves

Gerente de Produção
Flávio Samuel

Coordenadora Editorial
Dida Bessana

Revisão
Tatiana Tanaka

Projeto de Capa
Tempo Design

Capa
Eduardo Okuno

Editoração Eletrônica
Antonio Silvio Lopes

Dados Internacionais de Catalogação na Publicação (CIP)
(Câmara Brasileira do Livro, SP, Brasil)

Arrigucci Jr., Davi, 1943-
Melhores Contos Rubem Braga / seleção de Davi Arrigucci Jr. –
12. ed. – São Paulo : Global, 2010.

Bibliografia.
ISBN 978-85-260-0133-6

1. Braga, Rubem, 1913-1990. 2. Contos brasileiros. I. Título.

10-05846   CDD-869.93

Índices para catálogo sistemático:

1. Contos : Literatura brasileira   869.93

Direitos Reservados

**Global Editora e
Distribuidora Ltda.**

Rua Pirapitingui, 111 – Liberdade
CEP 01508-020 – São Paulo – SP
Tel.: (11) 3277-7999 – Fax: (11) 3277-8141
e-mail: global@globaleditora.com.br
www.globaleditora.com.br

Obra atualizada
conforme o
**Novo Acordo
Ortográfico da
Língua
Portuguesa**

Colabore com a produção científica e cultural.
Proibida a reprodução total ou parcial desta obra
sem a autorização dos editores.

Nº de Catálogo: **1620**

Davi Arrigucci Jr., ensaísta, crítico e professor de Teoria Literária e Literatura Comparada na Universidade de São Paulo, nasceu em São João da Boa Vista, São Paulo, em 1943. Tem colaborado nos principais jornais e revistas do país. Deu aulas e conferências no interior do Brasil e no exterior: México, Estados Unidos, Cuba, Chile, Itália, Portugal. Tem ensaios traduzidos na Argentina, na Colômbia, na Venezuela e no México. Publicou os seguintes livros: *O escorpião encalacrado (A poética da destruição em Julio Cortázar); Achados e perdidos. Ensaios críticos; Enigma e comentário. Ensaios sobre literatura e experiência; Humildade, paixão e morte: a poesia de Manuel Bandeira; O cacto e as ruínas. A poesia entre outras artes.*

Seus últimos trabalhos, sobre as relações entre literatura e experiência histórica, são estudos das obras de Guimarães Rosa e Jorge Luis Borges. Para a Global Editora, organizou o volume *Melhores contos Rubem Braga*, em 1985, e *Melhores poemas José Paulo Paes*, no ano de 1998.

BRAGA DE NOVO POR AQUI

A grande dor das coisas que passaram.
Camões

1.

Desde que surgiu para a literatura na década de 30, Rubem Braga nos encanta com suas histórias. Ao longo dos anos, em meio às atribulações do dia a dia, o leitor brasileiro se habituou a esperar, em certos jornais e revistas, os dois dedos de prosa com que o "velho Braga" o prendia ao seu visgo de impenitente caçador de passarinhos. O assunto podia ser escasso ou faltar, mas o "puxa-puxa", como o chamou um dia Manuel Bandeira, se fazia assim mesmo, e tanto melhor quanto menos fosse a matéria escolhida. O narrador armava uma esparrela transparente: o pobre leitor incauto caía sempre, enleado naquela rede paradoxal, porque tecida de frases aéreas, soltas, borboleteantes em torno de um alvo incerto ou fugidio. De repente, naquela linguagem volátil, se encontrava terra a terra com a poesia do cotidiano.

Sem dúvida, se tratava de um cronista, de um narrador e comentarista dos fatos corriqueiros de todo dia, mas algo ali transfigurava a crônica, dando-lhe uma consistência literária que ela jamais tivera. Também se tratava de um escritor formado sob a influência do Modernismo, o grande movimento de renovação de nossas artes e de nossa vida intelectual neste século. Sua prosa, desataviada e livre, era claro sinal disso. Mas era um escritor diferente, pois havia escolhido um espaço diverso de criação: o espaço dominado pela informação jornalística. E, novo paradoxo, parecia discrepar naquele meio moderno da informação, como se o que trazia para expressar fosse inteiramente incompatível com o jornal.

É que trazia algo escasso nos tempos atuais: a sua própria experiência. Uma experiência particular, densa e complexa, inusitada para o tempo e o lugar, mas capaz de se transmitir a muitos que nela se reconheciam, permeáveis ao que havia ali de comum e solidário. Uma experiência que se transmitia por histórias; pela arte do narrador, que parecia vir de outros tempos e retomar o fio da tradição oral, nunca interrompido no Brasil, enlaçando-se ao mesmo novelo dos contadores de causos imemoriais.

Desde o princípio, deve ter sido difícil dizer, com precisão crítiica, o que eram aquelas crônicas. Pareciam esconder a complexidade pressentida sob límpida naturalidade. Disfarçavam a arte da escrita numa prosa divagadora de quem conversa sem rumo certo, distraído com o balanço da rede; passando o tempo, mais para se livrar do ócio ou de tédio, sem se preocupar com o jeito de falar. E, no entanto, uma prosa cheia de achados de linguagem, conseguida a custo, pelejando-se com as palavras: um vocabulário escolhido a dedo para o lugar exato; uma frase em geral curta, com preferência pela coordenação, sem temer, porém, curvas e enlaces dos períodos mais longos e complicados; uma sintaxe, enfim, leve e flexível, que tomava liberdades e cadências da língua coloquial, propiciando um ritmo de uma soltura sem par na literatura brasileira contemporânea.

Do ponto de vista do gênero, eram narrativas, contavam quase sempre uma história, mas muitas vezes de um jeito tão tênue e esgarçado, que pareciam mais a meditação lírica de um. Eu que falasse sozinho, recordando contemplativamente, em tom confessional, momentos vividos com grande intensidade. Mas esses momentos, marcados pela subjetividade, se enredavam de algum modo num relato objetivo, que se abria ao leitor, tornado uma espécie de ouvinte íntimo, trazido para junto de uma interioridade cujo contacto era imediato. Vistas como narração de um caso pessoal ou relacionado com a autor, sempre disposto a desfiar suas memórias capixabas atadas a instantâneos do mundo urbano, logo revelavam seu parentesco próximo com a conto. Não diretamente com a forma literária moderna desse gênero, que, como se sabe, vem do Romantismo e de Edgar Allan Poe, mas com a *forma simples* do conto oral, ou mais propriamente com a *causo* popular do interior do Brasil, onde um saber feito de experiências se comunica de boca em boca por obra de narradores anônimos. O cronista era um tipo de narrador (assim como o cronista medieval era o narrador da História), portador de uma sabedoria prática acumulada lentamente ao longo dos anos vividos no interior ou em contacto com a vida de província. Substância remanescente do passado, matéria viva ainda nas mãos daquele que molda suas histórias com o que pôde aprender da vida e deixa na massa fugaz dos dias a marca da memória do que passou.

Muitas vezes a literatura brasileira já foi beber nessa fonte da tradição oral, como se vê em Simões Lopes Neto, em Mário de Andrade, em Guimarães Rosa, em Pedro Nava. Um amplo repertório de narrativas da campanha gaúcha, da região amazônica, do sertão e da roda familiar do interior de Minas se incorporou à forma artística da chamada literatura culta. Um material heterogêneo e variado, que se diria primitivo, arcaico ou tradicional, mas que serviu à constituição de obras cujo modo de ser prefigura a modernidade ou é essencialmente moderno. Na maior parte delas (no Mário de *Macunaíma*, em Rosa, em Nava), a mescla peculiar de gêneros que as torna difícil de classificar, do ponto de vista dos padrões tradicionais da convenção literária, parece articular-se em profundidade com as peculiaridades da realidade representada, cujo traço marcante é o desenvolvimento histórico desigual. A solução estética, diferente em cada caso, não deixa de implicar o mesma problema crítico fundamental: pelo seu modo de ser *sui generis*, elas tornam ostensiva a questão das relações entre a forma mesclada que apresentam, a matéria tratada e o processo histórico-social a que, até certo ponto, parecem corresponder. No caso específico de Rubem Braga, menos ostensivo, são as narrativas da infância e da terra capixaba que afloram de repente no chão da cidade moderna, criando o efeito de estranheza poética de um narrador deslocado ou erradio, cidadão do mundo entretido em contar histórias do que ao seu redor já não tem história. O que se esfuma ou se apaga, a distância, ou se foi definitivamente delineia o traço da beleza na prosa de Braga, tão envolvida, por outro lado, com eventos da atualidade.

Quando se pensa nas suas histórias, a gente logo nota que formam uma mescla ímpar, difícil de deslindar, entre o tradicional e o moderno, assim como uma liga estreita entre o passado e o momento presente. É que nele é bastante claro o processo pelo qual uma percepção aguda do instante que passa arrasta consigo a intrincada teia de lembranças do que passou. A memória envolve as coisas passageiras, que o olhar do cronista fixa por um instante, como um cone de sombra que se agarra aos seres, dando-lhes a profundidade do vivido. Por isso, o momento pode ser o instante singular da revelação, da *visão* instantânea, em que esse passado de sombras se atualiza inesperadamente à luz do presente ou se mostra como o esplendor do irremissivelmente perdido.

O presente pode então ser apreendido na forma de um momento poético, convertendo-se em símbolo: síntese de uma totalidade ausente que, no entanto, se presentifica por um resgate da memória numa súbita iluminação do espírito, numa imagem fulgurante e instantânea, que se vai perder em seguida. O que passa se faz símbolo. E na breve fulguração dos símbolos, se recobra o que se esfumava na zona de penumbra da memória ou jazia de todo adormecido no esquecimento. Plenitude passageira do que foi ou está indo e agora vira imagem, aos olhos atentos do cronista, habituados ao efêmero dos fatos do dia. Contra o fundo de sombras da memória, que é também da morte e do esquecimento, brilham por um instante as imagens simbólicas. As imagens, passageiras como as sombras.

2.

De repente, estamos diante de um quadro que o olhar disponível do escritor surpreendeu um dia "numa praia qualquer perdida": duas meninas – uma de verde, outra de azul – brincam na espuma. Uma imagem de "uma beleza ingênua e imprevista" que rebrilha ressuscitada, "por um momento apenas", na visão contemplativa de um Eu que recorda. Para ele, ser feliz no instante se torna um imperativo, pois no "quadro de beleza", cheio de graça e felicidade, pronto se insinua um vento de tristeza e angústia: "aquele momento ia passar". E se esforça então para partilhar o momento belo, feliz e fugaz, de que a crônica é a forma expressiva, na medida em que resgata a imagem do instante perdido pela narrativa do que se foi. A memória épica recupera para a contemplação lírica o que passou, trazendo de volta à consciência e à luz do presente um instante dissolvido na corrente do tempo, onde decerto também se acha imerso o narrador, muito marcado pelo senso da transitoriedade de tudo em volta e de si mesmo.

Em consequência, a necessidade de gozar o presente antes que a vida fuja parece adquirir em Braga a dimensão materialista do velho tema pagão do *carpe diem*, pois se liga diretamente ao prazer material dos sentidos, numa espécie de negaceio erótico que torna o instante presente inadiável. Há um sensualismo forte nessa prosa, fascinada com os encantos do mar e das mulheres, sobretudo das mulheres, mas também com o gosto da comida e da bebida, com a forma dos objetos e das palavras – estas escolhidas por uma sensibilidade que se compraz no recorte material da expressão, no som, no tamanho, na disposição. Como se vê nesta figura truncada de mulher, surpreendida num belo instante à boca da noite e representada com fina arte, de modo que o significado se faz materialmente sensível na forma das palavras:

> Era tão linda assim, entardecendo, que me perguntei se já estávamos preparados, nós, os rudes homens destes tempos, para testemunhar a sua fugaz presença sobre a terra. Foram precisos milênios de luta contra a animalidade, milênios de milênios de sonho para se obter esse desenho delicado e firme. Depois os ombros são subitamente fortes, para suster os braços longos; mas os seios são pequenos, e o corpo esgalgo foge para a cintura breve; logo as ancas readquirem o direito de ser graves, e as coxas são longas, as pernas desse escorço de corça, os tornozelos de raça, os pés repetindo em outro ritmo a exata melodia das mãos.

Mas logo se percebe que esse materialismo que esplende momentaneamente, saudável e alegre, se deixa encobrir pelas sombras, por um senso fundo da destruição que mina cada instante de festa dos sentidos, nuvem de tempo e melancolia que cobre lembranças luminosas:

> De repente é apenas essa ginasiana de pernas ágeis que vem nos trazer o retrato com sua dedicatória de sincero afeto; essa que ficou para sempre impossível sem, entretanto, nos magoar, sombra suave entre morros e praia longe.

A poesia do instante que a prosa de Braga evoca, ao trazer consigo a alegria dos sentidos, nos faz pensar no vínculo que prende a memória ao corpo, à experiência do corpo, ao que se experimentou antes de tudo sensorialmente. Em certa medida, pois, o materialismo dessa prosa tem a ver com o próprio processo de percepção do momento poético, correspondendo, ao que parece, a um impulso de exaltação da vida física. Entretanto, verificamos que se trata também de uma "dolorosa exaltação", como diria o próprio Braga num verso de poeta bissexto. A base material das lembranças nos remete simultaneamente ao destino geral da matéria, submissa nas mãos do tempo, seguindo o curso contínuo das mudanças. A impressão aguda do momento de beleza se faz então sempre contra o fundo móvel da sucessão temporal. Quando o gesto momentâneo é captado numa expressão plástica que imita às vezes o quadro ou a escultura, como nos exemplos anteriores –

as meninas, a mulher ao crepúsculo, a ginasiana –, isto se dá sempre contra o *perpetuum mobile* da existência, sob ameaça iminente de destruição. O instante instável brilha contra as sombras.

O momento que se esgarça está preso a um tecido de lembranças; o que está indo se enlaça ao que já foi, fio solto que a memória se esforça por resgatar do sumidouro do esquecimento. A percepção do momento presente é acompanhada por esse tecido de lembranças: coisas passadas e vividas, experiências ressuscitadas no instante. O passado que aflora relembra o corpo que sentiu primeiro, reavivando-se o prazer primordial dos sentidos, e assim se reatam sensações adormecidas. Estas vão constituir a matéria-prima de uma história de seres e objetos diante de uma sensibilidade através do tempo. História que o narrador recupera, ao seguir o fio da memória, recompondo a teia de lembranças que o envolve nos seres e objetos evocados.

Deste modo, no seu ritmo mais profundo, a prosa de Braga parece implicar o tempo sob dois aspectos principais: o instante e a duração. Primeiramente, um tempo do êxtase, do rapto, do momento iluminado, do instantâneo fotográfico – espécie de tempo congelado, cristalizado em imagem, mas destinado a passar, pois é apenas um instante no movimento sem parada da existência, por isso mesmo associado, interiormente, a um sentimento da fugacidade irreparável das coisas e a um travo de melancolia. Este sentimento do tempo supõe, por certo, uma sensibilidade moderna, formada no espaço das grandes metrópoles do capitalismo industrial,

15

excitada pelo dinamismo da técnica em constantes transformações, pelo ritmo trepidante da vida urbana, pelo bombardeio informativo, pela exigência desenfreada de novidades do mercado – tudo acentuando o efêmero das coisas. O cronista (o Eu que nos fala), quase sempre personagem principal de suas histórias, é antes de tudo um estado de ânimo. Tem um ar pensativo, ruminante e lírico, encaracolado em si mesmo e às vezes também na fumaça do cigarro; é um contemplativo, que parece manter diante da vida ao redor uma atitude tolerante de passividade receptiva. Por esse lado, seus antecedentes históricos vêm do século e são personagens típicos da cidade grande: o *flâneur* e o *dândi*, como nosso João do Rio, mais perto no espaço e no tempo, mas herdeiro também dos modelos parisienses. Aparentemente, o cronista é ainda o indivíduo recluso na solidão da grande metrópole, mas nutre uma curiosidade intensa por tudo aquilo que não é o Eu. Seus olhos passeiam casualmente pela cidade, por essa paisagem moderna, pelos amores, seus e dos outros, instáveis como tudo. Num mundo que privilegia o instante e a mudança, o acaso desempenha também um enorme papel no jogo de todo dia. Andar à toa, passear os olhos ao acaso: de repente, no meio do tráfego fervilhante, a mulher que passa, o momento fulgurante, a visão, para se perder num átimo em qualquer rua estreita e rápida. Os olhos do cronista, treinados no jornal para o flagrante do cotidiano, afeitos à experiência do choque inesperado em qualquer esquina, estão preparados, em meio à vida fragmentária, aleatória e fugaz dos tempos modernos, para a caça de instantâneos. O cronista é um lírico de passagem; se expressa de súbito, ao se deparar com o catalisador da emoção poética. Por isso sua prosa, em sua continuidade fluida, tem um ritmo em que se destaca o tempo forte da visão – imagem, súbita iluminação, epifania –, no espaço urbano e dessacralizado da vida moderna.

Por outro lado, há nessa prosa também o ritmo sereno da narração, ao que parece, associado à permanência das coisas no tempo, à memória do que o cronista viveu e aprendeu no passado interiorano: uma experiência mais socializada pelo contacto de rua e brinquedos com os meninos mais pobres e com o trabalho da gente humilde, assim como muito marcada pela proximidade da roça, do rio, do mar, da natureza. O lento processo de aprendizagem e assimilação à interioridade do modo de ser das pessoas, dos objetos e dos entes naturais, observados atentamente e sentidos na intimidade, nos dias compridos de província – a matéria ainda viva na fantasia do narrador. Assim o cronista moderno ao mesmo tempo dá voz ao narrador da tradição oral, contador de *causos* emigrado para a cidade que, ao narrar por escrito, parece estar acompanhando ainda o curso natural das coisas dos tempos de outrora.

O velho Braga mescla, então, entranhadamente, os instantâneos líricos, saídos das formas de vida e do espaço da modernidade, à velha arte do contador de histórias, que, embora no seu caso venha do interior, parece esquivar-se de todo tempo, guardando sempre algo de um outrora ainda mais distante, alguma coisa da atmosfera primitiva e mágica de um passado ancestral e da sabedoria oracular, a latência funda e a analogia estrutural do mito. Mediante visões fugazes, instantes que têm a surpresa poética de uma epifania no chão bem terreno da cidade moderna, se reata de repente a antiga história perdida dos objetos e dos seres. Presos concretamente à experiência vivida do narrador, retornam a um contexto natural e exemplar, onde um dia fizeram sentido, com uma plenitude desaparecida do presente, só vislumbrada no momento fugidio do relance poético.

3.

Provavelmente sem querer, o cronista retoma por essa última via uma longa linhagem que, vinda do pós--simbolismo, penetra na literatura moderna: a dos coletores de epifanias. Tem sido mostrado, por exemplo, como em James Joyce, para citar apenas um dos mais famosos desses coletores, a noção de epifania remonta à leitura de Walter Pater, dos simbolistas e ao sensorialismo decadista de D'Annunzio. Um leitor atento e minucioso poderá, quem sabe, detectar ecos ou resquícios da literatura pós-simbolista na prosa modesta e despretensiosa do cronista brasileiro. Sentirá talvez algum elemento da atmosfera proustiana à sombra dessas meninas em flor à beira-mar, na crônica há pouco citada, ou raízes latentes do Impressionismo, ao tentar compreender o processo perceptivo e os vínculos do escritor à sensibilidade moderna para as impressões efêmeras. Contudo, o que parece mais seguro e importante é reconhecer a relação de Braga com a tradição pós-simbolista por intermédio de um poeta do Modernismo brasileiro: Manuel Bandeira, em cuja poesia ele terá descoberto de fato profundas afinidades.

Assim, a *visão* instantânea que se cristaliza tantas vezes nos textos do cronista se aproxima muito do *alumbramento*, de Bandeira, em ambos pesando o senso modernista do momento poético, com ligações mais do que prováveis à tradição do pós-simbolismo no poeta. Para ambos, o momento de manifestação sensível da poesia, o instante epifânico, se rodeia de luminosidade (como já se vê em "alumbramento"), da mesma forma, aliás, que essa revelação se mostra envolta, para Joyce, em *radiance*. A manifestação sensível tende ainda, para ambos, a se converter em símbolo de uma experiência rica e complexa, na qual os componentes sensuais – impressões sensoriais e êxtase erótico – se ligam naturalmente a outros – emotivos, intelectuais e poéticos. Na verdade, através de Bandeira, se pode compreender melhor os vários aspectos da natureza complexa dessa experiência simbólica, que se busca expressar sempre com a máxima simplicidade.

No poeta, o relance que, intermitentemente, desvela a poesia equivale, com clareza, ao desnudamento da amada (ambiguamente poesia e mulher), sugerindo--se uma fusão de raiz entre o poético e o erótico, como se se tratasse de uma percepção nascente, onde a emoção poética mais elevada se acha sempre soldada à base material do corpo. A expressão, no esforço de religar ou manter unidos o elevado e a base física e prosaica, tende, então, a um tipo de *mescla estilística*, comum a muitos dos modernos desde Baudelaire, como apontou Erich Auerbach. É de fato em meio ao cotidiano mais prosaico que o cronista tem a *visão*: ali se dá a presença palpável do "mistério da poesia", toque do sublime (muitas vezes associado também à revelação de uma mulher) que ele procura exprimir, à maneira do poeta de *Libertinagem*, num *estilo humilde*. No caso, tal expressão já começa se esclarecer quando se pensa como o poeta considerava o poético: a poesia pode estar presente "tanto nos amores como nos chinelos", disse com humor Bandeira, lembrando Machado de Assis. Além disso, ela "é feita de pequenos nadas", afirmou noutra ocasião. A verdade é que, para ambos, cronista e poeta, o maior valor parece residir no mais simples e só se mostra na forma mais despojada, a única capaz de criar de imediato o contacto humano com o que há de mais alto e com o leitor. Num átimo, o mais elevado se revela perto do corpo e do chão e ali se deixa colher pela expressão corriqueira. O "grande mistério", observou por sua vez o velho Braga, "é a simplicidade". E desse mistério todos podem participar em razão da própria linguagem em que ele se exprime: trata-se, como esclarece o cronista, de "dar um sentido solene e alto às palavras de todo dia". Solução simples, com a qual concordou inteiramente o poeta, ao comentar numa crônica, a concepção do mistério poético segundo Braga. Simples e difícil, porque requer uma "audácia mágica na simplicidade", conforme assinalou, a propósito das rimas pobres de Camões, o crítico Augusto Meyer.

Ora, o grande campo magnético onde o mistério da poesia se renova a cada dia e pode, de súbito, revelar--se ao comum dos mortais é o cotidiano. Na perspectiva do cronista, o cotidiano – "o cotidiano físico, simbólico e imaginário dos homens que vivem no Brasil" – se mostra como o espaço propício a uma busca poética que deseja fazer "alguma coisa simples, honrada e bela". Ali se pode compreender como o mais humilde, o muito pequeno constitui, na verdade, a vida; como o pequeno nada faz parte da vida diária, sem se afastar do infinitamente grande. Dali, então, se pode tirar uma lição, além de vida, de linguagem, estilo e poética: a de "atingir o máximo de matizes com o mínimo de elementos", como quem tira muito de pouco, ao se dar conta do sublime oculto nas pequenas coisas. O cotidiano surge, desse ponto de vista, como o lugar da mistura artisticamente mais fecunda, pois vira uma espécie de modelo da vida real para o escritor: é onde o mais alto aparece mesclado ao baixo; o puro ao impuro; o poético agarrado ao erótico; a cidade atravessada pelo campo; o passado preso ao presente; o símbolo à terra; o tradicional ao moderno; o espírito à matéria. É nesse cadinho que se dá a *visão* – núcleo poético das crônicas, onde, como num poema, muitas vezes se consegue de fato "insuflar numas tantas locuções trivialíssimas" o mistério da poesia, conforme o entendia Bandeira. Quando formulou, na década de 40, numa crônica justamente intitulada "O mistério da poesia", seu ideal de linguagem poética,

Braga reafirmava, com ironia diante do falatório então reinante sobre a obscuridade e o mistério da poesia, a linha mestra de Bandeira. Este, já anos antes, havia sido atacado por Otávio de Faria, partidário eterno do sublime, por ter trazido a poesia ao terra a terra.

Tanto quanto para o poeta, também para o cronista a humildade se converte de valor ético em valor estético, configurando propriamente uma atitude geral diante da vida e da arte. A insistência com que emprega a própria palavra "humilde" e outras correlatas é índice dessa atitude fundamental. Por esse lado, Braga, cujo materialismo tantas vezes jubiloso e chegado ao erótico se mostra ainda próximo ao do poeta, parece assumir, paradoxalmente, uma atitude cristã ou com algum componente cristão, assim como Bandeira, em quem já se achou um franciscanismo essencial, de expressão ascética e despojada. A questão é muito funda e complexa, mas talvez se esclareça um pouco, se pensarmos na natureza mesclada do cotidiano que, de alguma forma, a arte de ambos procura imitar com meios e modos parecidos, até certo ponto desentranhados da própria matéria imitada.

Alfredo Bosi tem analisado, com argúcia e fecundidade, o que chama de *materialismo animista* (porque fundado na junção de corpo e alma), para explicar o modo de ser de toda nossa cultura popular, conforme ela se mostra no cotidiano do pobre. Neste, costumam fundir-se as esferas do trabalho manual, das necessidades básicas, da obrigada e difícil sobrevivência e as das crenças religiosas, superstições, de todo imaginário e produto mental, num mundo misturado e único – mundo esse, ao contrário do da racionalidade burguesa, nem um pouco *desencantado*, para empregar os mesmos termos de Max Weber utilizados pelo crítico. O próprio Bosi lembra ainda como, no terreno literário, esse materialismo aliado a um universo potencialmente mágico serve, por exemplo, à compreensão da perspectiva adotada por Guimarães Rosa em suas narrativas. Talvez se possa pensar em algo análogo, embora não idêntico, com relação a outros escritores anteriores a Rosa, já no Modernismo, que, se não reproduzem, obviamente, a perspectiva cultural do cotidiano dos pobres, aproximam-se dela, por imitação, ao buscarem uma visão mais adequada da realidade brasileira, por trás da visão das classes dominantes e da história oficial do país, tendência essa facilitada, em alguns casos, pela própria natureza da experiência pessoal trabalhada esteticamente.

No caso de Bandeira, por exemplo, sem perder de vista o peso de determinações de outra espécie, vindas da tradição artística e literária do momento, entre outras, se nota uma nítida aproximação a um cotidiano que não é exatamente, em termos de classe, o do poeta. Por condições específicas de sua formação e da experiência que teve, não há dúvida de que sua sensibilidade se torna muito receptiva, se não adere, às formas de vida do cotidiano popular, tal como pôde observá-lo de perto em seu quarto também pobre de doente recolhido e solitário, no Morro do Curvelo e no coração da Lapa, no Rio das décadas de 20 e 30 , quando reencontrou a pobreza com que já tivera contactos, no trecho decisivo da infância passado no Recife. Braga é claramente herdeiro da tradição bandeiriana e, sobretudo por via dessa, da modernista. No entanto, o quanto sua atitude estilística deve direta ou indiretamente à tradição cristã, difusa ou não no cotidiano popular, com o qual também teve contacto estreito, é um problema por demais amplo e complexo para ser desenvolvido aqui. O fato é que a iluminação espiritual, em seu caso como no do poeta, sempre está bem perto da terra dos homens (e dele mesmo, leitor de Saint-Exupéry): é uma espécie de "iluminação profana", expressão que serviu, como se sabe, a Walter Benjamin para examinar a antropologia poética dos surrealistas, tocados pelo êxtase, mas com os pés no chão histórico e com os olhos na revolução social. Ainda, no caso mais modesto de Braga, a crônica toma uma forma realista que se plasma com essa matéria mesclada do cotidiano, aspirando, humildemente, à comunicação humana e fazendo da solidariedade social um valor básico, a ser buscado sempre, apesar de certo ar de leão-marinho, soturno e solitário, que às vezes mostra o cronista. Sua disposição intrínseca para a percepção do poético no cotidiano popular, além da tendência modernista, via Bandeira, só pode ter sido facilitada e estimulada pela sua formação interiorana, com seus elementos de uma experiência mais socializada, no espaço rústico, à beira-rio ou à beira-mar, pela proximidade das pessoas humildes, que tanto aparecem nas crônicas, ao lado de formas do trabalho manual, pelas quais sempre demonstrou o maior interesse e

atenção. De tudo isso, decerto, o cronista aprendeu um pouco sobre a vida e seu ofício de escritor. Só assim se explicam histórias como aquela do padeiro, que, sem mágoa e sorridente, avisava gritando, depois de deixar o pão à porta do escritor todo santo dia:
"– Não é ninguém, é o padeiro!"

4.

Há de fato uma constante aproximação, nas histórias do velho Braga, às formas da vida e do trabalho simples, aos objetos esquecidos, às coisas antigas, aos entes da natureza, aos seres e às coisas humildes em geral. À vista deles, o cronista parece apurar seu senso do desvanecimento de tudo: torna-se particularmente sensível à fugacidade irremissível do mais frágil, que, quase sempre, é também o mais pobre. E justamente as coisas mais humildes são as que têm sempre, para ele, uma história que vale a pena contar.

O que está passando, vai passar ou já passou pode ser o bonde Tamandaré, um tacho de cobre, um canivete, um par de luvas, um braço de mulher, uma borboleta amarela, um retrato de namorada, a própria namorada, a moça que saltava na água azul, uma viúva na praia, um cajueiro, o cachorro Zig, um corrupião, um remanso do Itapemirim, uma casa, ou qualquer outro ser, fato prosaico ou coisa banal. Tudo o que tenha feito parte um dia da vida e possa ainda boiar, no presente ondulante e descontínuo do cronista, será susceptível de lembranças e histórias. Apenas é preciso que constitua, na velha expressão de Eliot, uma sorte de correlato objetivo da emoção lírica, ao mesmo tempo, gancho da memória e das narrativas.

    Ao contar histórias do que parece hoje tão sem importância, na verdade o narrador recobra para nós a dignidade dos objetos: o esforço e o trabalho que custaram; a dor, o prazer ou a alegria que deram alguma vez; a peculiaridade ou a complexidade de seu modo de ser; a relevância de seu papel no curso da existência e tanto mais. Tudo quanto há de mais esquivo ou difícil de guardar – gestos momentâneos, atos gratuitos ou falhados, feições esbatidas ou apenas entrevistas, palavras soltas –, tudo vale o empenho do narrador em contar o seu mundo contra o roer do tempo. Sua tarefa "vã e cansativa" acaba por dar a conhecer, de algum modo, a medida da importância dos seres, da nobreza da matéria, do valor de cada pequena coisa, quando vivamente enraizada na experiência humana. Mas o Eu que narra também se consome narrando, vendo-se na perspectiva do que foge; é também um Eu lírico que se mede pelo mesmo sentimento do tempo, solidarizando-se a essa espécie de "tristeza das coisas" destinadas a passar, em que ele próprio se espelha e se esfuma. O Eu que conversa conosco ou sozinho nas crônicas de Braga narra liricamente, pois inclui na perspectiva do que narra o sentimento do que foi ou está indo, que é também o sentimento de sua própria precariedade.

    A figura do narrador, tal como é representada no interior dos textos, desde as primeiras crônicas, tende a se recortar a distância, afastando-se do presente, indo-

-se também, apesar da imediatez do contacto com o leitor que a linguagem e a situação coloquial do estilo humilde propiciam. É o que se observa, por exemplo, na expressão "velho Braga", com que o escritor desde há muito batizou o *alter ego* que lhe serve de máscara ficcional, a *persona* em que se desdobra ao contar suas histórias. Com certeza, ela facilita a aproximação do leitor, criando simpaticamente um espaço de intimidade acessível. Mas o tom de bonomia autoirônica será também um método de distanciamento épico com relação ao presente da crônica rotineira, voltada só para os eventos do dia. Esse esfumar-se no pano de fundo por trás da atualidade é um meio de enlaçar e reavivar o passado distante que servirá de contexto e, muitas vezes ainda, de fonte poética para o fato atual que se comenta. Este, mesmo o mais atraente pela novidade, também vai passar; na verdade, os fatos de atualidade são como os saltimbancos que passam, numa das crônicas; ressuscitam "emoções misturadas de infância e adolescência, perdidas e esquecidas" e depois se vão, "com sua graça de milagres". Assim, compõem com o meio onde aparecem as crônicas – o jornal, a imagem por excelência do efêmero irreparável.

    A fulguração do instante é breve e fugidia: um mostrar-se repentino e rápido daquilo que logo se esvai no esquecimento. Por isso, há sempre realmente alguma coisa de vão no gesto que busca fixá-la, como o do cronista, movido pela iluminação de um momento, mas imobilizado na atitude de coletor de sombras passageiras. É com certo cansaço ou languidez que o velho Braga insiste em escrever para fixar a percepção nascente que em seguida se perde, como se vê em sua frase tantas vezes reiterativa, rodopiando em vão em torno de um alvo esquivo. O travo de melancolia só se acentua com a consciência do limite da linguagem; prisioneiro numa cela de palavras, o cronista vê, impotente, esvair-se no fluxo o real das coisas, entrevisto num momento luminoso:

> Foi apenas um instante antes de se abrir um sinal numa esquina, dentro de um grande carro negro, uma figura de mulher que nesse instante me fitou e sorriu com seus grandes olhos de azul límpido e a boca fresca e viva; que depois ainda moveu de leve os lábios como se fosse dizer alguma coisa – e se perdeu, a um arranco do carro, na confusão do tráfego da rua estreita e rápida. Mas foi como se, preso na penumbra da mesma cela eternamente, eu visse uma parede se abrir sobre uma paisagem úmida e brilhante [...].

Unido ao que passa pela condição e pela sensibilidade, ser tão precário quanto as coisas precárias que observa, ele parece, no entanto, situado à margem da corrente e se mostra infenso à mudança contínua de tudo. Ao deter sua atenção sobre coisas antigas, procura destacar as mais resistentes à transformação ao longo do tempo – o guarda-chuva, a cadeira de balanço –, como se compartilhasse com elas a solidão marginal de quem, à beira do redemoinho central das mudanças (nem por isso deixando de mudar) olha, com paciência humilde, os rumos inevitáveis do mundo num desconcerto cada vez maior.

A comunhão na precariedade das coisas sob a ação do tempo; a empatia com os seres humildes em face da destruição; o senso agudo da mobilidade do real, da instabilidade dos sentimentos e do instante presente; a solidariedade e a tolerância para com os semelhantes, todos esses traços importantes da posição do cronista diante da realidade parecem atrelar-se, à primeira vista, à atitude conservadora de um moralista nostálgico, resistente a qualquer transformação do mundo e idealizador de um passado idílico que nunca existiu. A essa atitude corresponderia o tom ameaçador de profeta bíblico (se descontada a ironia) com que o cronista verbera às vezes sua época: "Ai de ti, Copacabana!". Na verdade, porém, a questão é outra, exigindo uma compreensão mais abrangente, capaz de incluir as contradições e dar conta da dimensão irônica do escritor.

As histórias do velho Braga nos falam da roça e da cidade. *A cidade e a roça* é, significativamente, o título de uma de suas coletâneas de crônicas e exprime os polos de atração do imaginário do autor, para quem eles nunca andam separados. É que essas histórias compõem um espaço amplo e mutável, uma espécie de geografia sensível, obediente aos desígnios da memória e da emoção, em cujos mapas uma pequena cidade da infância – Cachoeiro de Itapemirim – se gruda naturalmente aos grandes centros do vasto mundo. E quem as conta é um homem ao mesmo tempo sedentário e itinerante, às vezes identificado ao lavrador, às vezes ao marinheiro, agarrado ao velho cajueiro plantado no coração de sua terra e da tradição interiorana ou o hóspede errante das grandes cidades do mundo, sempre saudoso de uma casa imaginária, cheia de ecos da infância e do interior capixaba.

A preocupação ética, que é um dos traços fundamentais das narrativas, constitui um dos aspectos da sabedoria desse narrador, de feição prática, apegado à tradição rural, à experiência da terra e da casa no interior, dado à expressão proverbial e irônica, mas capaz de ser um conselheiro bastante tímido e desajeitado diante das situações e emoções novas, nascidas da cidade grande, onde lhe tocou viver. Em pleno industrialismo, esse narrador se aferra ao artesanato da memória e da imaginação, trabalhando dados de uma experiência morosamente acumulada num modo de vida em duro contraste com o ritmo dos grandes centros. Num texto como "O mato", se percebe com nitidez a proximidade dos opostos – o homem buscando a fusão mítica com o mundo natural em pleno centro da metrópole, como se um passado ancestral aflorasse, com a esperança de uma felicidade primeva, eliminando a consciência e o desgarramento essencial, no miolo da vida moderna. Mas logo se vê que esta evasão momentânea é também fugaz e sitiada, funcionando como um ponto de fuga que só aprofunda a perspectiva do ser erradio no presente. O cronista parece sempre tentado a franquear a fronteira entre "a cidade dos homens e a natureza pura". Por isso, o Rio de Janeiro, cidade que tanto ama e de que tanto fala, com seu convite à "evasão fácil para o mar e a floresta", surge para ele como a cidade eleita, onde até quem leva a vida mais dura tem seu instante de sonho: "bela, insensata e frívola". Uma cidade feminina e passageira também – equilíbrio instável sobre a fenda profunda.

Assim, o que parece apenas uma reação conservadora e moralista, refugiada num artesanato estetizante para escapar ao industrialismo e à modernização toda-poderosa, na realidade é mais um núcleo de resistência dessa outra forma de vida, carregada na corrente, misturada à outra moderna, formando um modo de ser mesclado, em que a nostalgia não é propriamente do passado rural já sem sentido, mas de um centro inexistente, de uma harmonia irremediavelmente desfeita, de uma casa a que já não se pode voltar. Descentramento radical do ser, que faz da imagem da casa um motivo recorrente e simbólico no espaço das histórias de Braga.

Como abrigo dos valores da intimidade, ela faz parte da essência de um "sonho de simplicidade" que ocorre ao cronista "no meio dessa desarrumação feroz da vida urbana". Por certo, sua "Receita de casa" retoma traços da casa ideal da infância, com porões cavados no tempo: "cemitério de coisas", onde memória e imaginação de mãos dadas engendram o mundo imaginário das crianças, mas onde elas podem ter também a perspectiva histórica do que passou, da própria infância perdida dos adultos, de "dignidade corrompida" pela passagem dos anos.

Na verdade, nessa casa ideal do narrador, o porão não é apenas o espaço que sob os pés da família oculta o inconsciente dos vivos, mas o lugar do medo do escuro, do verdadeiro monstro do escuro que é o tempo.

É certo que ela às vezes ainda surge como uma espécie de couraça amplificada do Eu, refúgio do sujeito solitário e túmulo antecipado, como se vê em "A casa". Mas é principalmente como um escudo contra o tempo que parece atuar. Resistindo à passagem destruidora, ela encarna uma ordem próxima à da natureza: em torno dela se dispõem as árvores – o pé de fruta-pão, o cajueiro – e os animais queridos – ali está enterrado o cachorro Zig. De certo modo ela centraliza o mundo, aos olhos do cronista, sugerindo a harmonia do indivíduo com o universo, cindida no tempo.

Contudo, em nenhum outro texto de Braga o símbolo da casa mostra maior foco de irradiação e tão grande poder de síntese quanto em "A navegação da casa". Ali estão os profundos vínculos com a fugacidade das coisas e a memória da infância. Nesse texto admirável, o narrador, fugindo à vida errante e à tristeza de um hotel em Paris, por assim dizer reinaugura, com a presença de amigos, o espaço de uma velha casa, marcada pelos sinais da luta contra as intempéries e as guerras. A casa, metaforizada num barco à deriva no tempo, sujeita às traições sucessivas do tempo a cada instante, aparece impregnada pela substância humana resistente dos que nela viveram e sofreram, mergulhada na experiência de gerações, reencontrada agora por aquele que nela de novo busca abrigo, um espaço onde pode sonhar protegido. Postado diante do fogo (da imagem ancestral do fogo) o narrador, rodeado de amigos e lembranças (dos "fantasmas cordiais que vivem em minha saudade") transporta para ali seus deuses lares ou os redescobre, regressando, ao afundar-se no sonho contemplativo diante do fogo, à imagem do menino que um dia foi. O texto percorre um caminho imaginário e retrospectivo através da casa, até a infância, refazendo um cosmo, num momento complexo de meditação solitária, devaneio, recordação e, ao mesmo tempo, de solidariedade e comunhão humana. A recordação contemplativa do Eu ultrapassa aqui o limite da memória individual, da infância evocada, insinuando a fusão num passado imemorial, a que a imagem arquetípica do fogo se presta de modo sugestivo. Aqui se percebe um sentido solene e alto, dado às palavras de todo dia: na casa à deriva parecem vibrar ainda ecos de uma mensagem lacônica e distante, através de gerações, sem que se saiba bem o que seja – mistério oracular a que um cronista humilde dá o nome de poesia.

Assim, a casa tende a redimir o narrador do descentramento presente: torna-se o espaço mítico de um cosmo desejado, de um universo harmônico sonhado, mas, em última instância, inacessível para um ser dividido e instável no curso do tempo. Reunindo aspectos psicológicos e ontológicos, a casa é, pois, a imagem de um contraponto fixo, ponto de estabilidade para o ser que o deseja e busca, enquanto se torna consciente de que tudo flui, corrompendo-se. Mas é também um fragmento da duração perdida, que, simbolicamente, se reilumina junto ao fogo, carregado de tempo vivido. Imagem de um desejo impossível.

A nostalgia de uma verdadeira casa é então um sentimento moderno no velho Braga, embora se associe com frequência à memória da infância e do passado capixaba. A evocação do que se foi não preenche o vazio presente do desejo; antes lhe dá um fundo perdido, que se persegue um pouco a esmo e sem alcançar. E se trata da perseguição de um sentido que o tempo só afasta; a temporalidade se divorciou do sentido, forçando a busca errante em progressiva degradação. O gesto do narrador de rodear-se dos seres e das plantas, refazendo a "Casa", tem a rara poesia das coisas que se foram, só nos deixando a memória vã de ter tido uma vez entre os dedos sua forma fugidia.

No centro da obra de Rubem Braga estará talvez o desconcerto do narrador tradicional, cujo saber, fundado numa experiência comunitária de outros tempos, perde a eficácia no mundo moderno. É muito perceptível a dificuldade desse narrador para generalizar a experiência pessoal, transformando-a em conselho prático para os outros, ao mesmo tempo que essa experiência em si mesma se vai tornando cada vez mais rala, num mundo que adotou o ritmo desnorteante das mudanças contínuas e imprevisíveis.

Na década de 30, Walter Benjamin já via a figura do narrador perdendo-se a distância, desaparecendo do presente à medida que a nossa capacidade de trocar experiências se ia rarefazendo em face de um mundo em contínua transformação, onde o único modo de comunicação humana que conta é o da rápida informação. Contraposta à experiência lentamente assimilada e de interpretação ambígua, a informação revela a capacidade de se tornar inteligível de imediato e, com seu valor dependente da novidade, se mostra correlata ao mundo em mudança constante. No mais fundo, porém, a contraposição se baseia numa visão concreta da realidade do trabalho, em que se apoiam essas formas de comunicação. Encarando o processo secular de evolução das formas épicas, sob o ponto de vista das transformações históricas das forças produtivas, Benjamin fundamenta sua observação do desaparecimento do narrador no esgotamento da fonte da narrativa oral: a experiência que se transmite de boca em boca, associando-a, por sua vez, à sua base: a forma lenta do trabalho artesanal, progressivamente abandonado nos tempos modernos, com o avanço do capitalismo e a industrialização. É assim que lê os vários sintomas do declínio da narração desde o início da época moderna, como é o caso da invenção da imprensa e da afirmação do romance, vinculadas ao processo de ascensão da burguesia. Desde o princípio, o romance moderno se liga ao novo: ao livro, destinado à leitura solitária; ao individualismo burguês; enfim, à experiência do indivíduo solitário, já incapaz de dar e receber conselho como o antigo narrador, por ter perdido a segurança do saber comum e da norma exemplar. Para Benjamin, a história do narrador é, pois, também uma história do que se foi ou está indo.

Nos últimos cinquenta anos, que nos afastam do ensaio do pensador alemão, a literatura latino-americana de modo geral e a brasileira, em particular, têm demonstrado a persistência das formas que nascem mais ou menos ligadas à tradição da narrativa oral. É mesmo este um terreno dos mais fecundos, onde surgiram algumas de suas obras mais complexas e originais. O narrador continua nos contando histórias, apesar de tanta desconfiança moderna com relação à narrativa e seus modos de ilusão. Isto, decerto, só confirma a necessidade de pensarmos nossos textos em seu contexto concreto, em toda a sua complexa particularidade, o que implica, na maioria dos casos, a necessidade de se compreender a natureza literária da *forma mesclada* e suas intrincadas relações com o processo histórico--social do desenvolvimento desigual. Nesse sentido, o caso de Rubem Braga, trabalhando um gênero à primeira vista secundário e passageiro, "gênero por excelência caduco", no dizer de Manuel Bandeira, é muito significativo tanto pela mescla interna, essencial a seu modo de ser, quanto pela significação que tira do seu modo de inserção no cerne da indústria da informação onde se produz.

Em princípio, as crônicas não pretendem ficar; são circunstanciais e sem importância propriamente literária. Por isso, são fugazes como a matéria de que tratam – os fatos do dia; como os dias, passam, confundindo-se com a matéria propriamente dita onde são impressas – descartáveis como as folhas de jornal. No entanto, a sensibilidade de Braga para a poesia das coisas que se perdem parece ter-se aguçado no trato profundo com o próprio meio moderno que escolheu para se exprimir, como se o jornal lhe tivesse afinado o senso do instantâneo e do perecível. Assim como as outras coisas de que tratam, as crônicas se destinam ao mercado e valem pela novidade imediata. Neste caso, porém, são fruto de um trabalho que caminha numa direção oposta. A seu modo, o cronista narrador é um artesão ilhado no meio da indústria da informação. Os objetos que ele molda, aparentemente apenas com o fato fugaz também destinado à fugacidade, na verdade são feitos da matéria de sua própria vida: a experiência carregada de substância pessoal, destinada, como tudo, a perecer, mas impregnada pelo desejo de ficar. Em contradição com o meio, sobra a esse cronista aquela espécie de solidão marginal, o que, provavelmente, o torna tão receptivo e disponível para perceber as coisas miúdas e também à margem, com que tende a identificar-se. É com, elas e, por assim dizer, com sua própria substância mortal que ele faz suas histórias. Num mundo como o nosso, já bastante estandardizado, de relações reificadas, onde tudo pode virar mercadoria e em si nada valer, o velho Braga, em meio ao mais efêmero, não apenas nos dá a impressão súbita do momento de beleza fugitiva, mas a dignidade e a poesia do perecível, quando tocado por um dedo humano.

Davi Arrigucci Jr.

NOTAS

1. Todas as referências às crônicas de Rubem Braga foram feitas conforme o texto de sua coletânea *200 crônicas escolhidas* (4ª ed.; Rio de Janeiro: Record, 1978). As citações de Manuel Bandeira foram retiradas do *Itinerário de Pasárgada*. In: M. *Bandeira – Poesia e Prosa* (Rio de Janeiro: José Aguilar, 1958, vol. II), p. 1-112 e de *Andorinha, Andorinha*, Sel. e Coordenação de Carlos Drummond de Andrade (Rio de Janeiro: José Olympio, 1966).

2. A referência ao "cotidiano físico, simbólico e imaginário dos homens que vivem no Brasil" pertence a Alfredo Bosi, citado mais adiante, a propósito de seu estudo sobre "cultura brasileira". In: Dermeval Saviani e outros – *Filosofia da educação brasileira* (Rio de Janeiro: Civilização Brasileira, 1983), p. 135-176. O trecho transcrito se acha à p. 157.

3. O ensaio de Walter Benjamin referido diretamente no item final, mas muito presente todo o tempo é "O Narrador". In: W. Benjamin e outros – *Textos escolhidos* (São Paulo: Abril, 1980), p. 57-74 (Col. "Os Pensadores").

4. O presente ensaio retoma e desenvolve outro – "Onde andará o velho Braga?" –, publicado em meu livro *Achados e perdidos* (São Paulo: Polis, 1979), p. 159-166.

CONTOS

TUIM CRIADO NO DEDO

João-de-barro é um bicho bobo que ninguém pega, embora goste de ficar perto da gente; mas de dentro daquela casa de joão-de-barro vinha uma espécie de choro, um chorinho fazendo tuim, tuim, tuim...
A casa estava num galho alto. Um menino subiu até perto. Depois, com uma vara de bambu, conseguiu tirar a casa sem quebrar e veio baixando até o outro menino apanhar. Dentro, naquele quartinho que fica bem escondido depois do corredor de entrada para o vento não incomodar, havia três filhotes, não de joão--de-barro, mas de tuim.
De todos esses periquitinhos que tem no Brasil, tuim é capaz de ser o menor. Tem bico redondo e rabo curto e é todo verde, mas o macho tem umas penas azuis para enfeitar. Três filhotes, cada um mais feio que o outro, ainda sem penas, os três chorando. O menino levou-os para casa, inventou comidinhas para eles; um morreu, outro morreu, ficou um.
Em geral a gente cria em casa é casal de tuim, especialmente para se apreciar o namorinho deles. Mas aquele tuim macho foi criado sozinho e, como se diz na roça, criado no dedo. Passava o dia solto, esvoaçando

em volta da casa da fazenda, comendo sementinhas de imbaúba. Se aparecia uma visita, fazia-se aquela demonstração: era o menino chegar na varanda e gritar para o arvoredo: tuim, tuim, tuim! Às vezes demorava, a visita achava que aquilo era brincadeira do menino, de repente surgia a ave, vinha certinho pousar no dedo do garoto.

Mas o pai disse: "Menino, você está criando muito amor a esse bicho, quero avisar: tuim é acostumado a viver em bando. Esse bichinho se acostuma assim, toda tarde vem procurar a gaiola para dormir, mas no dia que passar pela fazenda um bando de tuins, adeus. Ou você prende o tuim ou ele vai-se embora com os outros. Mesmo preso, ouvindo o bando passar, você está arriscado a ele morrer de tristeza".

E o menino vivia de ouvido no ar, com medo de ouvir bando de tuim.

Foi de manhã, ele estava catando minhoca para pescar quando viu o bando chegar; não tinha engano: era tuim, tuim, tuim... Todos desceram ali mesmo em mangueiras, mamonas e num bambuzal, divididos em pares. E o seu? Já tinha sumido, estava no meio deles. Logo depois todos foram para uma roça de arroz. O menino gritava com o dedinho esticado para o tuim voltar; nada.

Só parou de chorar quando o pai chegou a cavalo, soube da coisa, disse: "Venha cá." E disse: "O senhor é um homem, estava avisado do que ia acontecer, portanto não chore mais".

O menino parou de chorar, porque tinha brio, mas como doía seu coração! De repente, olhe o tuim na varanda! Foi uma alegria só na casa, até o pai confessou que ele também tinha ficado muito infeliz com o sumiço do tuim.

Houve um conselho de família, quando acabaram as férias: deixar o tuim, levar o tuim para São Paulo? Voltaram para a cidade com o tuim, o menino toda hora dando comidinha a ele na viagem. O pai avisou: "Aqui na cidade ele não pode andar solto; é um bicho da roça e se perde, o senhor está avisado".

Aquilo encheu de medo o coração do menino. Fechava as janelas para soltar o tuim dentro de casa, andava com ele no dedo, ele voava pela sala; a mãe e a irmã não aprovavam, o tuim sujava dentro de casa.

Soltar um pouquinho no quintal não devia ser perigoso, desde que ficasse perto; se ele quisesse voar para longe, era só chamar, que voltava. Mas uma vez não voltou.

De casa em casa, o menino foi indagando pelo tuim: "Que é tuim?" – perguntavam pessoas ignorantes. "Tuim?" Que raiva! Pedia licença para olhar no quintal de cada casa, perdeu a hora de almoçar e ir para a escola, foi para outra rua, para outra.

Teve uma ideia, foi ao armazém de "seu" Perrota: "Tem gaiola para vender?" Disseram que tinha. "Venderam alguma gaiola hoje?" Tinham vendido uma para uma casa ali perto.

Foi lá, chorando, disse ao dono da casa: "Se não prenderam o meu tuim, então por que o senhor comprou gaiola hoje?"

O homem acabou confessando que tinha aparecido um periquitinho verde sim, de rabo curto, não sabia que chamava tuim. Ofereceu comprar, o filho dele gostara tanto, ia ficar desapontado quando voltasse da escola e não achasse mais o bichinho. "Não senhor, o tuim é meu, foi criado por mim". Voltou para casa com o tuim no dedo.

Pegou uma tesoura: era triste, uma judiação, mas era preciso: cortou as asinhas. Assim ele poderia andar solto no quintal, e nunca mais fugiria.

Depois foi lá dentro fazer uma coisa que estava precisando fazer, e, quando voltou para dar comida ao tuim, viu só algumas penas verdes e as manchas de sangue no cimento. Subiu num caixote para olhar por cima do muro e ainda viu o vulto do gato ruivo que sumia.

DIÁRIO DE UM SUBVERSIVO

no remoto ano de 1936

Em 15 de fevereiro – Minha situação aqui na pensão é insustentável. Vieram morar aqui dois estudantes integralistas. Hoje, no almoço, um deles falou comigo. Tinham-lhe dito que eu era jornalista; em que jornal eu trabalhava? Respondi que em jornal nenhum. Diante do embaraço dele, expliquei: na revista *Vida Doméstica*. Puxou conversa sobre política, mas eu disse com superioridade:

– Minha política é o Flamengo!

Ele observou gravemente que o futebol serve para distrair o povo de seus problemas. Enquanto o povo está discutindo futebol, o comunismo está tramando golpes sangrentos. Lenine disse que a religião é o ópio do povo. O futebol é, digamos, uma espécie de maconha. Explicou que citava Lenine porque se tratava de um gênio, mas gênio inclinado para o mal.

Falou muito e fiquei calado, fazendo o possível para fazer um ar de admiração atenta; mas creio que tinha apenas cara de palerma. Eu me pergunto se ele não é capaz de telefonar para a *Vida Doméstica* e perguntar o que faz lá um sujeito chamado Lauro Guedes, que é meu nome aqui na pensão.

Dia 16 – O outro integralista me perguntou se já li alguma obra de Spengler. Respondi que não. Ele fez questão de me emprestar um livro.

Dia 18 – Ontem me arrisquei, indo à cidade. Procurei o Dr. Fontoura no seu consultório. Ele ficou assustadíssimo. Disse que eu cometia uma imprudência enorme indo ao centro, pois o meu nome saíra num jornal, envolvido na fundação de uma associação que a polícia descobriu ser comunista. Que a situação dele também era delicada, não convinha que eu o procurasse. Deu-me um pouco de dinheiro.

Dia 21 – O que me aconteceu foi surpreendente. Fui à cidade procurar o senador, com quem, por sinal, não consegui falar. Estive com o Clóvis, que me falou da prisão, ontem, de vários amigos, inclusive o Dunga. Quando subia no ônibus, alguém me agarrou pelo braço. Tremi de susto. Voltei-me; era um sujeito desconhecido, de chapéu. Perguntou se me lembrava dele. Embaraçado, disse-lhe que não podia perder aquele ônibus; ele disse que vinha comigo. Só podia ser tira, ainda mais de chapéu.

Não era tira, era careca. Não o reconheci logo porque havia raspado os grandes bigodes louros que sempre usou. É um securitário, Edgar, que conheci por ocasião de uma greve. Antes de chegar à pensão, tive um palpite; saltei do ônibus com Edgar e telefonei do café da esquina perguntando se havia algum recado para mim. Dona Dolores me disse que estavam lá dois amigos me esperando; perguntou se eu queria que ela chamasse. Como não dei meu endereço a ninguém, vi logo do que se iratava. De qualquer modo, esperei; Dona Dolores voltou e disse que os dois tinham ido embora e não tinham deixado os nomes. Depois, mais baixo, disse: "Não venha aqui não." Estou escrevendo na casa do Edgar onde vou dormir esta noite.

    Dia 24 – Edgar é formidável. Não me deixou sair de sua casa. Sua mulher é muito simpática; tem uma filhinha de dois anos. Preciso arranjar dinheiro e dar o fora, pois se por acaso eu for preso aqui, Edgar também irá comigo, e talvez até Alice. Alice é muito esclarecida. Edgar foi à pensão ver se trazia minhas coisas, mas Dona Dolores disse que a polícia carregou tudo. Até o livro de Spengler foi em cana. Ainda bem que meus papéis mais importantes estavam na pasta.

    Dia 26 – Telefonei ao Clóvis, e ele veio me ver ontem. A polícia me procurou também na redação. Ontem foi presa a Linda, mulher do Alcir; saiu nos jornais. Com um bilhete meu, o Clóvis procurou o senador, que me mandou algum dinheiro, ele disse ao Clóvis que devia muitos favores ao meu falecido pai, o que é verdade; de qualquer modo, foi alinhado. Eu podia fugir para Minas com esse dinheiro, mas tive de pedir ao Clóvis para me comprar roupa, escova de dentes, chinelos, etc., pois estava usando as roupas do Edgar, que é um pouco mais baixo do que eu. Como não tenho o que fazer, e não me arrisco mais a sair de casa, eu mesmo quis lavar minha roupa, mas Alice não deixa de modo algum.

    Clóvis foi à editora ver se arranja uma tradução qualquer para eu fazer, com uma parte do dinheiro adiantada, mas o diretor está em São Paulo.

Dia 28 – Estou com os nervos arrebentados por causa da Alice – quando Edgar vai para a Companhia de Seguros... seria o cúmulo da sem-vergonhice! Se eu tivesse qualquer coisa com essa mulher, seria o último dos cachorros.

1º de março – Sou.

A MOÇA RICA

A madrugada era escura nas moitas de mangue, e eu avançava no batelão velho; remava cansado, com um resto de sono. De longe veio um rincho de cavalo; depois, numa choça de pescador, junto do morro, tremulou a luz de uma lamparina.

Aquele rincho de cavalo me fez lembrar a moça que eu encontrara galopando na praia. Ela era corada, forte. Viera do Rio, sabíamos que era muito rica, filha de um irmão de um homem de nossa terra. A princípio a olhei com espanto, quase desgosto: ela usava calças compridas, fazia caçadas, dava tiros, saía de barco com os pescadores. Mas na segunda noite, quando nos juntamos todos na casa de Joaquim Pescador, ela cantou; tinha bebido cachaça, como todos nós, e cantou primeiro uma coisa em inglês, depois o *Luar do sertão* e uma canção antiga que dizia assim: "Esse alguém que logo encanta deve ser alguma santa". Era uma canção triste.

Cantando, ela parou de me assustar; cantando, ela deixou que eu a adorasse com essa adoração súbita, mas tímida, esse fervor confuso da adolescência – adoração sem esperança, ela devia ter dois anos mais do que eu. E amaria o rapaz de suéter e sapato de basquete, que costuma ir ao Rio, ou (murmurava-se) o homem casado, que já tinha ido até à Europa e tinha um automóvel e uma coleção de espingardas magníficas. Não a mim, com minha pobre *flaubert*, não a mim, de calça e camisa, descalço, não a mim, que não sabia lidar nem com um motor de popa, apenas tocar um batelão com meu remo.

 Duas semanas depois que ela chegou é que a encontrei na praia solitária; eu vinha a pé, ela veio galopando a cavalo; vi-a de longe, meu coração bateu adivinhando quem poderia estar galopando sozinha a cavalo, ao longo da praia, na manhã fria. Pensei que ela fosse passar me dando apenas um adeus, esse "bom-dia" que no interior a gente dá a quem encontra; mas parou, o animal resfolegando e ela respirando forte, com os seios agitados dentro da blusa fina, branca. São as duas imagens que se gravaram na minha memória, desse encontro: a pele escura e suada do cavalo e a seda branca da blusa; aquela dupla respiração animal no ar fino da manhã.

 E saltou, me chamando pelo nome, conversou comigo. Séria, como se eu fosse um rapaz mais velho do que ela, um homem como os de sua roda, com calças de *"palm-beach"*, relógio de pulso. Perguntou coisas sobre peixes; fiquei com vergonha de não saber quase nada, não sabia os nomes dos peixes que ela dizia, deviam ser peixes de outros lugares mais importantes, com certeza mais bonitos. Perguntou se a gente comia aqueles cocos dos coqueirinhos junto da praia – e falou de minha irmã, que conhecera, quis saber se era verdade que eu nadara desde a ponta do Boi até perto da lagoa.

De repente me fulminou: "Por que você não gosta de mim? Você me trata sempre de um modo esquisito..." Respondi, estúpido, com a voz rouca: "Eu não".

Ela então riu, disse que eu confessara que não gostava mesmo dela, e eu disse: "Não é isso". Montou o cavalo, perguntou se eu não queria ir na garupa. Inventei que precisava passar na casa dos Lisboa. Não insistiu, me deu um adeus muito alegre; no dia seguinte foi-se embora.

Agora eu estava ali remando no batelão, para ir no Severone apanhar uns camarões vivos para isca; e o relincho distante de um cavalo me fez lembrar a moça bonita e rica. Eu disse comigo – rema, bobalhão! – e fui remando com força, sem ligar para os respingos de água fria, cada vez com mais força, como se isto adiantasse alguma coisa.

O JOVEM CASAL

Estavam esperando o bonde e fazia muito calor. Veio um bonde, mas tão cheio, com tanta gente pendurada nos estribos que ela apenas deu um passo à frente, ele esboçou com o braço o gesto de quem vai pegar um balaústre – e desistiram.

O homem da carrocinha de pão obrigou-os a recuar para perto do meio-fio; depois o negrinho da lavanderia passou com a bicicleta tão junto que um vestido esvoaçante bateu na cara do rapaz.

Ela se queixou de dor de cabeça; ele sentia uma dor de dente enjoada e insistente – preferiu não dizer nada. Ano e meio casados, tanta aventura sonhada, e estavam tão mal naquele quarto de pensão do Catete, muito barulhento: "Lutaremos contra tudo" – havia dito – e ele pensou com amargor que estavam lutando apenas contra as baratas, as horríveis baratas do velho sobradão. Ela com um gesto de susto e nojo se encolhia a um canto ou saía para o corredor – ele, com repugnância, ia matar a barata; depois, com mais desgosto ainda, jogá-la fora.

E havia as pulgas; havia a falta d'água, e quando havia água, a fila dos hóspedes diante da porta do chuveiro. Havia as instalações que cheiravam mal, o papel da parede amarelado e feio. As duas velhas gordas, pintadas, na mesinha ao lado, lhe tiravam o apetite para a mesquinha comida da pensão. Toda a tristeza, toda a mediocridade, toda a feiura duma vida estreita, onde o mau gosto pretensioso da classe média se juntava à minuciosa ganância comercial – um simples ovo era "extraordinário". Quando eles pediam dois ovos, a dona da pensão olhava com raiva; estavam atrasados no pagamento.

Passou um ônibus, parou logo adiante, abriu com ruído a porta, num grande suspiro de ar comprimido, e ela nem sequer olhou o ônibus, era tão mais caro. Ele teve um ímpeto, segurou-a pelo braço disposto a fazer uma pequena loucura financeira – "Vamos pegar o ônibus!" – Mas o monstro se fechara e partira, jogando-lhes na cara um jato de fumaça.

Ele então chegou mais para perto dela – lá vinha outro bonde, mas aquele não servia – enlaçou-a pela cintura, depois ficou segurando seu ombro com um gesto de ternura protetora, disse-lhe vagas meiguices, ela apenas ficou quieta. "Está doendo muito a cabeça?" Ela disse que não. "Seu cabelo está mais bonito, meio queimado de sol." Ela sorriu, mas de repente: "Ih, me esqueci da receita do médico", pediu-lhe a chave do quarto, ele disse que iria apanhar para ela, ela disse que não, ela iria; quando voltou foi exatamente o tempo de perder um bonde quase vazio; os dois ficaram ali, desanimados.

Então um grande carro conversível se deteve perto deles, diante do sinal fechado. Lá dentro havia um casal, um sujeito de ar importante na direção e sua mulherzinha meio gorducha, muito clara. A mulherzinha deu um rápido olhar ao rapaz e olhou com mais vagar a moça, correndo os olhos da cabeça até os sapatos, enquanto o homem dizia alguma coisa a respeito de um anel. No momento do carro partir com um arranco macio ouviram que a mulher dizia: "se ele deixar por quinze, eu fico.".

Quinze contos – isto entrou pelos ouvidos do rapaz, parece que foi bater, como um soco, em seu estômago mal alimentado – quinze contos, meses e meses, anos de pensão! Então olhou sua mulher e achou-a tão linda e triste com sua blusinha branca, tão frágil, tão jovem e tão querida, que sentiu os olhos arderem de vontade de chorar. Disse: "Viu aquela vaca dizendo que vai comprar o anel de quinze contos?".

Vinha o bonde.

NEGÓCIO DE MENINO

– Papai me disse que o senhor tem muito passarinho...
– Só tenho três.
– Tem coleira?
– Tenho um coleirinha.
– Virado?
– Virado.
– Muito velho?
– Virado há um ano.
– Canta?
– Uma beleza.
– Manso?
– Canta no dedo.
– O senhor vende?
– Vendo.
– Quanto?
– Dez contos.
Pausa. Depois volta:
– Só tem coleira?
Tenho um melro e um curió.
– É melro mesmo ou é vira?
– É quase do tamanho de uma graúna.
– Deixa coçar a cabeça?

— Claro. Come na mão...
— E o curió?
— É muito bom curió.
— Por quanto o senhor vende?
— Dez contos.
Pausa.
— Deixa mais barato...
— Para você, seis contos.
— Com a gaiola?
— Sem a gaiola.
Pausa.
— E o melro?
— O melro eu não vendo.
— Como se chama?
— Brigitte.
— Uai, é fêmea?
— Não. Foi a empregada que botou o nome. Quando ela fala com ele, ele se arrepia todo, fica todo despenteado, então ela diz que é Brigitte..
Pausa.
— O coleira o senhor também deixa por seis contos?
— Deixo por oito contos.
— Com a gaiola?
— Sem a gaiola.
Longa pausa. Hesitação. A irmãzinha o chama. E, antes de sair correndo, propõe, sem me encarar:
— O senhor não me dá um passarinho de presente, não?

CORAÇÃO DE MÃE

O nome da rua eu não digo, e o das moças muito menos. Se me perguntarem se isso não aconteceu na Rua Correia Dutra com certas jovens que mais tarde vieram a brilhar no rádio eu darei uma desculpa qualquer e, com meu cinismo habitual, responderei que não.

As moças eram duas, e irmãs. A mãe exercia as laboriosas funções de dona de pensão. Uma senhora que é dona de pensão no Catete pode aceitar depois indiferentemente um cargo de ministro da guerra da Turquia, restauradora das finanças do Reich ou poeta português. A pensão da mãe das moças era uma grande pensão, pululante de funcionários, casais, estudantes, senhoras bastante desquitadas. E não devo dizer mais nada: quanto menos se falar da mãe dos outros, melhor. Juntarei apenas que essa mãe era muito ocupada e que as moças possuíam, ambas, olhos azuis. No pardieiro pardarrão, tristonho, as duas meninas louras viviam cantarolando. Creio ser inevitável dizer que eram como dois excitantes e leves canários-belgas a saltitar em feio e escuro viveiro – e a mãe era muito ocupada.

A tendência das moças detentoras de olhos azuis é para ver a vida azul-celeste; e a dos canários é voar.

Mesmo sobre os casarões do Catete o céu às vezes é azul, e o sol acontece ser louro. Uns dizem que na verdade esse céu azul não pertence ao Catete e sim ao Flamengo: a população do Catete apenas o poderia olhar de empréstimo. Outros afirmam que o sol louro é da circunscrição de Santa Teresa e da paróquia de Copacabana; nós, medíocres e amargos homens do Catete, também o usufruiríamos indebitamente. Não creio em nada disso. A mesma injúria assacaram contra Niterói ("Niterói, Niterói, como és formosa", suspirou um poeta do século passado, que foi o dos suspiros) declarando que Niterói não tem lua própria, e a que ali é visível é de propriedade do Rio. Não, em nada disso creio. Em minhas andanças e paranças já andei e parei em Niterói, onde residi na Rua Lopes Trovão, e recitava habitualmente com muito desgosto de uma senhorita vizinha:
"Caramuru, Caramuru, filho do fogo, mãe da Rua Lopes Trovão!".
Já não me lembro quem me ensinou esses versinhos, aliás mimosos. Ainda hoje costumo repeti-los quando de minhas pequenas viagens de cabotagem, jogando miolo de pão misto às pobres gaivotas.
Ora, aconteceu que uma noite, ou, mais propriamente, uma madrugada, a mãe das moças de olhos azuis achou que aquilo era demais. Cá estou prevendo o leitor a perguntar que "aquilo" é esse, que era demais. Explicarei que Marina e Dorinha haviam chegado em casa um pouco tontas, em alegre e promíscua baratinha. Certamente, nada acontecera de excessivamente grave – mas o coração das mães é aflito e severo.

Aquela noite nenhum dos hóspedes dormiu: houve um relativo escândalo e muitas imprecações.

No dia seguinte pela manhã aconteceu que Marina estava falando ao telefone com voz muito doce e dona Rosalina (a mãe) chegou devagarinho por detrás e ouviu tropos que tais:
– Pois é... a velha é muito cacete. Não, não liga a isso não. É cretinice da velha, mas a gente tapeia. Olha, nós hoje vamos ao dentista às 5 horas. É...
"A velha...". Essa expressão mal-azada foi o princípio da tormenta. A conversa telefônica foi interrompida da maneira pela qual um elefante interromperia a palestra amorosa de dois colibris na relva. Verdades muito duras foram proferidas em voz muito alta. A "velha" vociferava que aquilo era uma vergonha e preferia matar aquelas duas pestes a continuar aquele absurdo. "Maldita hora" – exclamou – "em que teu pai foi-se embora." Assim estavam as coisas quando Dorinha apareceu no corredor – e foi colhida ou colidida em cheio pela tormenta. Houve ligeira reação partida de Marina, assim articulada:
– E a senhora também! Pensa que estou disposta a viver ouvindo desaforos? A senhora precisa deixar de ser...

Depois do verbo "ser" veio uma palavra que elevou dona Rosalina ao êxtase da fúria. As moças foram empolgadas em um redemoinho de tapas e pontapés escada abaixo, ao mesmo tempo que dona Rosalina berrava:
– Fora! Para fora daqui, todas duas!

("Todas duas" é um galicismo, conforme algum tempo depois observou um leitor da *Gramática ex-*

positiva superior de Eduardo Carlos Pereira, residente naquela pensão, em palestra com alguns amigos.)

Outras palavras foram gritadas em tão puro e rude vernáculo que tentarei traduzi-las assim:

– Passem já! Vão fazer isso assim assim, vão para o diabo que as carregue, suas isso assim assim! Não ponham mais os pés em minha casa!

(O leitor inteligente substituirá as expressões "isso assim assim" pelos termos convenientes; a leitora inteligente não deve substituir coisa alguma para não ficar com vergonha.)

As moças desceram até o quarto sob intensa fuzilaria de raiva maternal, arrumaram chorando e tremendo uma valise e se viram empurradas até a porta da rua. O café da esquina se esvaziou; automóveis, caminhões e um grande carro da Limpeza Pública estacionaram na estreita rua. As duas mocinhas, baixando as louras cabeças, choravam humildemente.

Gente muito misturada, etc. É assim que os habitantes dos bairros menos precários e instáveis costumam falar mal de nosso Catete. Mas uma coisa ninguém pode negar: nós, do Catete, somos verdadeiros *gentlemen*. O cavalheirismo do bairro se manifestou naquele instante de maneira esplendente quando a senhora dona Rosalina deu por encerrado, com um ríspido palavrão, o seu comício.

Em face daquelas mocinhas expulsas do lar e que soluçavam com amargura houve um belo movimento de solidariedade. Um cavalheiro – o precursor – aproximou-se de Marina e sugeriu que em sua pensão, na Rua Buarque de Macedo, havia dois quartos vagos, e que elas não teriam de pensar no pagamento da quinzena. Um segundo a esse tempo sitiava Dorinha, propondo chamar um táxi e levá-la para seu apartamento, onde ela descansaria, precisava descansar, estava muito nervosa. A ideia do táxi revoltou alguns presentes, que ofereceram bons carros particulares.

De todos os lados apareceram os mais bondosos homens – funcionários, militares, estudantes, médicos, bacharéis, jornalistas, comerciários, sanitaristas e atletas – fazendo os mais tocantes oferecimentos.

Um bacharel pela Faculdade de Niterói (então denominada "a Teixeirinha"), que morava na própria pensão de dona Rosalina e que havia três meses não podia pagar o quarto, ofereceu-se, não obstante, para levar os dois canários até São Paulo, onde pretendia possuir um palacete. Ouvindo isso, um estudante de medicina que se sustentava a médias no Lamas tomou coragem e propôs conduzi-las para o Uruguai. Seria difícil averiguar por que ele escolheu o Uruguai; naturalmente era um rapaz pobre, com o inevitável complexo de inferioridade: ao pensar em estrangeiro não tinha coragem de pensar em país maior ou mais distante.

Em certo momento um caixeirinho do armazém disse que as moças poderiam ir morar com sua prima, em Botafogo. Essa ideia brilhante de oferecer uma proteção feminina venceu em toda a linha. Um jovem oficial de gabinete do Ministro da Agricultura sugeriu que elas fossem para casa de sua irmã. Um doutorando indicou a residência de sua irmã casada, e um tenente culminou com um gesto largo ofertando-lhes a proteção de sua própria mãe, dele. A luta chegou a tal ponto que um bancário, intrépido, ofereceu três mães, à escolha. Em alguns minutos as infelizes mocinhas tinham a sua disposição cerca de quinze primas, vinte e três irmãs solteiras, quatro tias muito religiosas, quarenta e uma irmãs casadas e oitenta e três mães.

O mais comovente era ver como todos aqueles bons homens procuravam passar a mão pelas cabeças das mocinhas, e lhes dirigiam as palavras mais cheias de ternura e bondade cristã. Trêmulas e nervosas, Marina e Dorinha hesitavam. De qualquer modo a situação havia de ser resolvida. O cavalheiro que tinha conseguido parar o carro em local mais estratégico começou a empurrar docemente as moças para dentro dele, entre alguns protestos da assistência. Vários outros choferes pretenderam inutilmente fazer valer seus direitos – e até o motorista da limpeza pública quis à viva força conduzi-las para a boleia do grande caminhão coletor de lixo.

Foi então que, subitamente, dona Rosalina irrompeu de novo escada abaixo; desceu feito uma fúria, abriu caminho na massa compacta e agarrou as filhas pelos braços, gritando:

– Passem já para dentro! Já para dentro, suas desavergonhadas!

Eis o motivo pelo qual eu sempre digo: não há nada, neste mundo, como o coração de mãe.

MARINHEIRO NA RUA

Era um pequeno marinheiro com sua blusa de gola e seu gorro, na rua deserta que a madrugada já tornava lívida. Talvez não fosse tão pequeno, a solidão da rua é que o fazia menor entre os altos edifícios.

Aproximou-se de uma grande porta e bateu com os nós dos dedos. Ninguém abriu. Depois de uma pausa, voltou a bater. Eu o olhava de longe e do alto, do fundo de uma janela escura, e ainda que voltasse a vista para mim ele não poderia me ver. Esperei que a grande porta se abrisse e ele entrasse; ele também esperava, imóvel. Quando bateu novamente, foi com um punho cerrado; depois com os dois e com tanta força que o som chegava até mim. Chegava uma fração de segundo depois de seu gesto; assim na minha infância eu via as lavadeiras baterem roupa nas pedras do outro lado do rio.

Esta recordação da infância me fez subitamente suspeitar que o marinheiro fosse meu filho, e esta ideia me deu um pequeno choque. Se fosse meu filho eu não poderia estar ali, no escuro, assistindo impassível àquela cena. Eu deveria me reunir a ele, e bater também à grande porta; ou telefonar para que alguém lá dentro abrisse, ou chamar outras pessoas – a imprensa, deputados da oposição, bombeiros, o pronto-socorro.

Fosse o que fosse que houvesse lá dentro, princesa adormecida ou um animal ganindo em agonia, seria urgente abrir. Estas ideias me passaram pela cabeça com grande rapidez, pois quase imediatamente depois de pensar que o marinheiro poderia ser meu filho, me veio a suspeita de que era eu mesmo; talvez lá dentro, no bojo do imenso prédio, estivesse estirada numa rede, meio inconsciente, minha impassível amada, talvez doente, talvez sonhando um sonho triste, e eu precisaria estar a seu lado, segurar sua mão, dizer uma palavra de ternura que a fizesse sorrir e a pudesse salvar.

Cansado de bater inutilmente, o marinheiro recuou vários passos e ergueu os olhos para a porta e para a fachada do edifício, como alguém que encara outra pessoa pedindo explicações. Ficou ali, perplexo e patético. E assim, olhando para o alto, me parecia ainda menor sob seu gorro, onde deveria estar escrito o nome de um desconhecido navio. Olhava. A fachada negra permaneceu imóvel perante seu olhar, fechada, indiferente. Caía uma chuva fina, na antemanhã filtrava-se uma débil luz pálida.

Vai-te embora, marinheiro! Onde estão teus amigos, teus companheiros? Talvez do outro lado da cidade, bebendo vinho grosso em ambiente de luz amarela, entre mulheres ruivas, cantando... Vai-te embora, marinheiro! Teu navio está longe, de luzes acesas, arfando ao embalo da maré; teu navio te espera, pequeno marinheiro...

Quando ele seguiu lentamente pela calçada, fiquei a olhá-lo de minha janela escura, até perdê-lo de vista. A rua sem ele ficou tão vazia que me veio a impressão de que todos os habitantes haviam abandonado a cidade e eu ficara sozinho, numa absurda e desconhecida sala de escritório do centro, sem luz, sem saber por que estava ali, nem o que fazer.

    Sentia, entretanto, que estava prestes a acontecer alguma coisa. Olhei a fachada escura do prédio em que ele tentara entrar. Olhei... Então lá dentro todas as luzes se acenderam, e o edifício ficou maior que todos na rua escura; sua fachada oscilou um pouco; alguma coisa rangeu, houve rumores vagos, e o prédio começou a se mover pesadamente como um grande navio iluminado – e lentamente partiu.

O HOMEM DA ESTAÇÃO

Então Deus puniu a minha soberba; e quando desci ruelas escuras e desabei do castelo sobre a aldeia, meus sapatos faziam nas pedras irregulares um ruído alto. Sentia-me um cavalo cego. Perto, era tudo escuro; mas adivinhei o começo da praça pelo perfil indeciso dos telhados negros no céu noturno.

De repente a ladeira como que encorcovou sob meus pés, não era mais eu o cavalo, eu montava de pé um cavalo de pedras, ele galopava rápido para baixo. Por milagre não caí, rolei vertical até desembocar no largo vazio; mas então divisei uma pequena luz além.

O homem da hospedaria me olhou com o mesmo olhar de espanto e censura com que outros me receberiam – como se eu fosse um paraquedista civil lançado no bojo da noite para inquietar o sono daquela aldeia.

"Só tenho seis quartos e estão todos cheios; eu e outro homem vamos dormir na sala; aqui o senhor não pode ficar de maneira alguma."

Disse-me que, dobrando à esquerda, além do cemitério, havia uma casa cercada de árvores; não era pensão, mas às vezes acolhiam alguém. Fui lá, bati palmas tímidas, gritei, passei o portão, dei murros na porta, achei uma aldraba de ferro, bati-a com força. Ninguém lá dentro tugiu nem mugiu. Apenas o vento entre árvores gordas fez um sussurro grosso, como se alguns velhos defuntos aldeões, atrás do muro do cemitério, estivessem resmungando contra mim.

Havia outra esperança, e marchei entre casas fechadas; mas, ao cabo da marcha, o que me recebeu foi a cara sonolenta de um homem que me desanimou com monossílabos secos. Lugar nenhum; e só a muito custo, e já inquieto porque eu não arredava da porta que ele queria fechar, me indicou outro pouso. Fui – e esse nem me abriu a porta, apenas uma voz do buraco escuro de uma alta janela me mandou embora.

"Não há nesta aldeia de cristãos um homem honesto que me dê pouso por uma noite? Não há sequer uma mulher desonesta?" Assim bradei, em vão. Então, como longe passasse um zumbido de avião, me pus a considerar que o aviador assassino, que no fundo das madrugadas arrasa com uma bomba uma aldeia adormecida, faz às vezes uma coisa simpática. Mas reina a paz em todas estas varsóvias escuras; amanhã pela manhã toda essa gente abrirá suas casas e sairá para a rua com um ar cínico e distraído, como se fossem pessoas de bem.

Não há um carro, um cavalo nem canoa que me leve a parte alguma. Ando pelo campo; mas a noite se coroou de estrelas. Então, como a noite é bela, e como de dentro de uma casinha longe vem um choro de criança, eu perdoo o povo desta aldeia e de toda a

França. Marcho entre macieiras silvestres; depois sinto que se movem volumes brancos e escuros, são bois e vacas. Ando com prazer nessa planura que parece se erguer lentamente, arfando suave, para o céu de estrelas. Passa na estrada um homem de bicicleta. Para um pouco longe de mim, meio assustado, e pergunta se preciso de alguma coisa. Digo-lhe que não achei onde dormir, estou caminhando para outra aldeia. Não lhe peço nada, já não me importa dormir, posso andar por essa estrada até o sol me bater na cara.

Ele monta na bicicleta, mas depois de alguns metros volta. Atrás daquele bosque que me aponta passa a estrada de ferro, e ele trabalha na estaçãozinha; dentro de duas horas tenho um trem.

Lá me recebe pouco depois, como um grã-senhor: no fundo do barracão das bagagens já me arrumou uma cama de ferro; não tem café, mas traz um copo de vinho.

Já não quero mais dormir; na sala iluminada, onde o aparelho do telégrafo faz um ruído de inseto de metal, vejo trabalhar esse pequeno funcionário calvo e triste – e bebo em silêncio à saúde de um homem que não teme nem despreza outro homem.

FALAMOS DE CARAMBOLAS

Falamos sobre sorvetes, eu disse que tinha tomado um ótimo, de carambola.

– Não sei que graça você acha em carambola. Falamos sobre carambola, discutimos sobre carambola; passamos à romã e finalmente ao jambo; sim, há o jambo-moreno e o jambo-rosa, este é muito sem gosto; aliás, a mais bonita de todas as mangas, a manga-rosa, não tem nem de longe o gosto de uma espada, de uma carlotinha.

Lembrei a história contada por um amigo. Mais de uma vez insistira com certa moça para que fosse ao seu apartamento. Ela não queria ir. Ele um dia telefonou: "Vem almoçar comigo, mando matar uma galinha, fazer molho pardo...", achou que a recusa da moça era menos dura. E insistiu mais:

– Vem... tem manga-carlotinha...
– Manga-carlotinha? Mentira!

E a moça foi. Refugaria talvez promessa de casamento, se irritaria com um presente de joia, mas como resistir a um homem que tem galinha ao molho pardo com angu e manga-carlotinha, e faz um convite tão familiar?

Ela não achou muita graça na história. Aliás não

simpatizava com aquele amigo meu.
Ficamos um instante em silêncio. Comecei a mexer com o dedo o gelo dentro do copo. É um hábito brasileiro, mas até que não é meu uso; para falar a verdade, acho pouco limpo; entretanto eu mexia com o indicador o gelo que boiava no uísque, e como seria insuportável não fazer a pergunta, ergui os olhos e fiz:
– Mas afinal o que foi que o médico disse?
E ela encolheu os ombros. Repetiu algumas palavras do médico, principalmente uma: Sindroma... teve uma dúvida:
– É síndroma ou sindroma?
Eu disse francamente que não sabia; apenas tinha a impressão de que a palavra era feminina; mas também podia ser masculina; era paroxítona ou átona, mas também podia ser proparoxítona ou esdrúxula; e, ainda por cima, tanto se podia dizer sindroma como síndrome, e até mesmo sindromo.
Em todo caso – juntei – não era bem uma doença; era um conjunto de sintomas... eu falava assim não para mostrar sabença, mas para mostrar incerteza, e ignorância da verdade verdadeira – ou até uma certa indiferença por essas coisas de palavras. Confessei-lhe que há muitas palavras que evito dizer porque nunca estou seguro da maneira de pronunciar. Por outro lado há palavras que a gente só conhece porque são usadas em palavras cruzadas. Até existe uma cidade assim, uma cidade de que ninguém se lembraria jamais se não tivesse apenas duas letras e não fosse terra de Abraão ou cidade da Caldeia: UR. Se os charadistas do

mundo inteiro formassem uma pátria, a capital teria de ser UR. Eu falava essas bobagens com volubilidade.

Ela disse:

— Todo mundo, quando tem uma doença como esta minha, procura se enganar. Eu, não.

Chamei-a de pessimista, aliás ela sempre fora pessimista.

— Não é pessimismo não. É...

Ela ia dizer o nome da doença, e tudo estaria perdido se ela pronunciasse aquele nome; seria intolerável.

— Você sabe muito bem o que é.

Chamei o garçom, pedi mais um uísque e mais um Alexander's.

— Sabe quem eu vi hoje?

Era ela que mudava de conversa; senti um alívio. E falamos, e falamos... Eu admirava mais uma vez sua cabeça, os olhos claros, a testa, sua graça tocante. Era insuportável pensar que pudesse estar condenada. Dentro de mim eu sabia, mas não acreditava. Tive a impressão de que sua cabeça estremecia como uma flor. Um anjo se movera junto de nós, na penumbra do bar, era o anjo da morte; e a flor estremecera.

— Acho que o balé russo precisa se renovar...

Ela achava que não era justo falar em virtuosidade acrobática; o que havia era uma renúncia a todo expressionismo e a toda pantomima, a beleza do balé puro... E no meio da discussão me chamou de literato; mas juntou logo um sorriso tão amigo. Eu disse o que talvez já tivesse dito uma vez:

— Foi uma pena você não ter estudado balé. Pen-

sava no seu corpo de pernas longas, na linha dura das ancas, nos seios pequenos, e a revia por um instante, toda casta, nua. Ela me censurou por beber tão depressa, e de repente:
— E esse seu bigode está horrível.
— Porque você não toma conta de mim, não dirige meus uísques e meus bigodes?
Ela riu uma risada tão alegre como antigamente. Como as pessoas costumam dizer, uma risada de cristal. Clara, alegre, tilintante como o cristal. O cristal, que se parte tão fácil.

ERA UMA NOITE DE LUAR

O táxi ia rodando devagar pela rua mal iluminada, para que eu pudesse ir vendo os números das casas. Quando vi o 108, mandei parar. Tinha de ir ao 250 e perguntar por dona Judite. Era quase certo que não me seguiam; de qualquer modo não convinha parar o táxi diante da casa para não chamar a atenção. Tive, além disto, o cuidado de deixar o carro se afastar sem que o chofer pudesse ver a casa em que eu entrava. Naquele tempo vivíamos cercados de precauções. O menor descuido era a prisão – e as notícias que vinham lá de dentro eram de fazer tremer.

Andei pela calçada. Era uma rua sossegada, em um bairro onde antigamente viviam famílias ricas. Agora os ricos moravam em outras partes da cidade, e aqueles casarões envelhecidos, com seus parques de grandes árvores, pareciam dormir. Uma vez ou outra passava um auto; depois o luar aumentava o sossego da rua.

Apertei a campainha. Uma mulher gorda me disse que fosse pelo jardim, ao lado da casa; era uma porta que tinha uma escadinha nos fundos.

Ao bater, ouvi um rumor lá dentro. Depois senti que alguém me espiava pela veneziana, sem dizer nada. Bati outra vez. Ouvi ainda uns rumores dentro do quarto e, por fim, uma voz nervosa:

– Quem é?

Marina não me havia reconhecido e com certeza estava inquieta. Tranquilizei-a:

– Sou eu, Domingos.

A porta abriu-se.

Tinha visto Marina poucas vezes, sempre em companhia do marido, na rua. Nunca havíamos trocado mais de duas ou três palavras. Não se podia dizer que fosse bonita, mas era agradável com seu ar um pouco seco, um pouco nervoso, e seu jeito de vestir-se com severidade. Agora estava diante de mim e não pude deixar de sorrir quando a vi metida em um macacão.

– Trago notícias do Alberto.

Dei o recado que um político solto no dia anterior havia trazido. Alberto mandava dizer que estava bem, que há muito tempo já não o interrogavam, e que não tinha nenhuma esperança de ser libertado tão cedo. Era bom que ela tentasse sair do Rio, onde podia ser presa a qualquer momento, e fosse para o Nordeste, onde morava sua família. A viagem de avião ou por mar seria impossível. O melhor era ir de trem até Belo Horizonte e seguir para Alagoas pelo São Francisco. Havia uma pessoa que podia arranjar uma parte do dinheiro, e um endereço em Belo Horizonte onde talvez conseguisse mais. Era preciso abrir o caixote de livros. e queimar um papel que estava dentro das *Poesias* de Olavo Bilac. Dei-lhe um número para onde devia telefonar.

— Acha que eles vão deixar o Alberto preso muito tempo?

Dei minha opinião com sinceridade. Alberto estava comprometido. Quando o pegou, a polícia não sabia grande coisa dele, mas lá dentro sua situação tinha piorado muito. Parece que tinham aparecido umas histórias velhas, de São Paulo...

— E você, como vai?

Ela fez um gesto desanimado. Podia continuar naquele quarto com direito a comida, mais uns oito dias. Já não tinha dinheiro nem para cigarros. Ofereci-lhe dos meus:

— Não sabia que você fumava.

Não fumava antes. Mas ali, obrigada a ficar dentro do quarto dias e dias, semanas e semanas começou a fumar. Há mais de três meses que não saía. Andava apenas pelo velho e pequeno parque, nos fundos da casa, quando não chovia. Havia lido todos os livros e estava cansada de ler.

— Isso aqui é pior do que prisão. Às vezes tenho vontade de sair, tomar um ônibus, andar por aí, ir a uma praia...

Arriscara-se a ir a um cinema do bairro, e quase morrera de medo. Na volta, um homem a seguiu. Teve certeza de que ia ser presa; quando estava perto de casa, o homem, mal-encarado, apertou o passo e a deteve, tocando-lhe o braço com a mão. Parou, trêmula, e logo saiu correndo e entrou em casa; jogou-se na cama chorando, num desabafo nervoso. O homem lhe havia feito uma proposta amorosa...

Contava essas coisas sentada na cama, um pouco excitada; e estava engraçada assim, metida no macacão do marido, com uma régua na mão, contando o seu susto. Rimos, mas logo ela se pôs a andar no quarto para um lado e outro, batendo com a régua na coxa.

– Que é que você acha que devo fazer?

Acendi um cigarro. Fazia calor. Na parede havia um quadro sem interesse, de um pintor amigo do casal. Ela pensava em procurar alguém que fosse amigo do governo. Talvez o doutor Antunes conseguisse...

– Também está preso.

– O doutor Antunes? Não é possível!

Vi que estava mal informada do que acontecia, e lhe dei várias notícias. Nenhuma era alegre. Sentou-se novamente na cama, batendo com a régua no joelho. Ficamos em silêncio. Achei que devia me despedir, mas ela me deteve:

– Espere, quero saber de uma coisa...

Perguntou-me pelos Amaral, se era verdade que a mulher tinha se suicidado. Era boato, ou pelo menos, parecia. Havia quem dissesse que o casal estava no Paraguai; outros diziam que ele estava preso no norte do Paraná, em Londrina...

Surgiram outros nomes. Eu quase não podia dar informações sobre ninguém, e muitos eu não conhecia nem de nome nem de vista. Voltamos a falar de Alberto. Ela havia perdido o nervosismo; falava agora no seu tom habitual, um pouco seco, um pouco distante. Falava do marido e de si mesma como se estivesse examinando um problema alheio, com frieza e lógica. Tinha na gaveta um velho *Guia Levi*, e consultou preços de passagens e horários. Certamente deveria tomar o trem em alguma estação do estado do Rio, se resolvesse ir para o Norte.

– Vai?

– Isso é que estou pensando. Em Alagoas posso ficar na fazenda de minha tia, perto de São Miguel. Ali não haveria nenhum perigo, mas...

Voltou a perguntar se não haveria mesmo nenhum jeito de fazer alguma coisa pela libertação de Alberto. Talvez aquele ex-deputado, amigo do Amaral, pudesse...

Balancei a cabeça. A polícia não estava soltando ninguém. Prendera gente demais, inocentes e culpados, e enquanto não interrogava todo mundo, não apurava as coisas, não queria soltar ninguém. Uma ou outra pessoa conseguia sair quando tinha proteção muito forte e estava completamente inocente. Alberto já fora preso antes, era um elemento marcado. A única esperança estava na mudança que diziam que ia haver no Ministério. Mas estavam sempre dizendo essas coisas, e ninguém saía do governo. Dava a impressão de que ia ser assim eternamente...

– Que coisa!

Voltou a falar de Alberto, contou detalhes de sua prisão. Ela havia escapado por milagre. Mas estava ali, sozinha, sem poder sair de casa... Começou quase a lamentar-se e subitamente pareceu de novo tranquila. Os cabelos despenteados e o macacão lhe davam um ar ao mesmo tempo gracioso e cordial de rapazola. Devia ter uns trinta anos. Agora sua voz parecia ter cinquenta:

— A situação é esta: se não fosse por causa do Alberto eu poderia ter fugido para o Sul. Mas perdi a oportunidade. Mais tarde, na hora de alugar este quarto, estive quase resolvendo outra vez fugir. Mas queria esperar Alberto... Está visto que não posso ficar esperando a vida inteira. O senhor acha que há possibilidade...

Era engraçado que me chamasse de "senhor", quando começara me tratando de "você". Mas logo, na frase seguinte, com uma pequena hesitação na voz, voltou a me chamar de "você".

Levantei-me e procurei com a vista um cinzeiro para pôr o cigarro. Não havia. Abri uma banda da janela para jogá-lo no jardim.

— Posso deixar a janela aberta? Está quente...

Sentada na cama, ela ficou em silêncio. Resolvi ir-me embora, e fiquei pensando se devia lhe dar o pouco dinheiro que tinha no bolso. Eu voltaria de ônibus. Tirei a nota do bolso. Ela aceitou secamente e me deu um aperto de mão rápido.

Sua voz era tranquila, quase fria.

— Obrigada. Se tiver alguma novidade estes dias, apareça outra vez. Meu nome aqui é Judite de Sousa.

— Sei. Tem telefone?

— Não. Ah, um momento! Pode pôr uma carta no correio para mim?

Tirou uma carta da gaveta, meteu-a em um envelope e começou a escrever o endereço. Junto à janela, lá fora, eu via as grandes árvores gordas, beijadas pelo luar, enquanto ouvia o ranger da pena no papel.

Comentei ao acaso:

– Bonito luar...

Ela acabara de escrever o endereço e respondeu, dando um olhar à janela:

– É.

Foi um "é" tão seco que me arrependi do que havia dito, como se tivesse sido alguma coisa inconveniente. Depois de fechar o envelope ela veio para junto da janela onde eu estava. Para ver melhor lá fora, abri o outro lado da janela e a lua apareceu, redonda, branca, entre as copas das árvores. Foi apenas um instante. Ela fechou os dois lados da janela com brutalidade:

– Não faça isso! Estúpido! Não vê que eu não posso com isso? Que estou sozinha desde que Alberto foi preso?

Ficou um momento diante de mim, pálida, os lábios trêmulos; eu não sabia o que dizer.

– Vá-se embora!

Lançou-se na cama, escondeu a cabeça nas mãos e começou a chorar. Os soluços agitavam seu corpo magro e nervoso sob o macacão azul.

VIÚVA NA PRAIA

Ivo viu a uva; eu vi a viúva. Ia passando na praia, vi a viúva, a viúva na praia me fascinou. Deitei-me na areia, fiquei a contemplar a viúva.

    O enterro passara sob a minha janela; o morto, eu o conhecera vagamente; no café da esquina a gente se cumprimentava às vezes, murmurando "bom-dia"; era um homem forte, de cara vermelha; as poucas vezes que o encontrei com a mulher ele não me cumprimentou, fazia que não me via; e eu também. Lembro-me de que uma vez perguntei as horas ao garçom, e foi aquele homem que respondeu; agradeci; este foi nosso maior diálogo. Só ia à praia aos domingos, mas ia de carro, um Citroën, com a mulher, o filho e a barraca, para outra praia mais longe. A mulher ia às vezes à praia com o menino, em frente à minha esquina, mas só no verão. Eu passava de longe; sabia quem era, e que talvez me conhecesse de vista: eu não a olhava de frente.

    A morte do homem foi comentada no café; eu soube, assim, que ele passara muitos meses doente, sofrera muito, morrera muito magro e sem cor. Eu não dera por sua falta, nem soubera de sua doença.

    E agora estou deitado na areia, vendo a sua viúva.

Deve uma viúva vir à praia? Nossa praia não é nenhuma festa; tem pouca gente; além disso vamos supor que ela precise trazer o menino, pois nunca a vi sozinha na praia. E seu maiô é preto. Não que o tenha comprado por luto; já era preto. E ela tem, como sempre, um ar decente; não olha para ninguém, a não ser para o menino, que deve ter uns dois anos.

Se eu fosse casado, e morresse, gostaria de saber que alguns dias depois minha viúva iria à praia com meu filho – foi isso o que pensei, vendo a viúva. É bem bonita a viúva. Não é dessas que chamam a atenção; é discreta, de curvas discretas, mas certas. Imagino que deve ter 27 anos; talvez menos, talvez mais, até 30. Os cabelos são bem negros; os olhos são um pouco amendoados, o nariz direito; a boca um pouco dentucinha, só um pouco; a linha do queixo muito nítida.

Ergueu-se, porque, contra suas ordens, o garoto voltou a entrar n'água. Se eu fosse casado, e morresse, talvez ficasse um pouco ressentido ao pensar que, alguns dias depois, um homem – um estranho, que mal conheço de vista, do café – estaria olhando o corpo de minha mulher na praia. Mesmo que olhasse sem impertinência, antes de maneira discreta, como que distraído.

Mas eu não morri; e eu sou o outro homem. E a ideia de que o defunto ficaria ressentido se acaso imaginasse que eu estaria aqui a reparar no corpo de sua viúva, essa ideia me faz achá-lo um tolo, embora, a rigor, eu não possa lhe imputar essa ideia, que é minha. Eu estou vivo, e isso me dá uma grande superioridade sobre ele. Vivo! Vivo como esse menino que ri, jogando água no corpo da mãe que vai buscá-lo. Vivo como essa mulher que pisa a espuma e agora traz ao colo o garoto já bem crescido. O esforço faz-lhe tensos os músculos dos braços e das coxas; é bela assim, marchando com a sua carga querida.

Agora o garoto fica brincando junto à barraca e é ela que vai dar um mergulho rápido, para se limpar da areia. Volta. Não, a viúva não está de luto, a viúva está brilhando de sol, está vestida de água e de luz. Respira fundo o vento do mar, tão diferente daquele ar triste do quarto fechado do doente, em que viveu meses. Vendo seu homem se finar; vendo-o decair de sua glória de homem fortão de cara vermelha e de seu império de homem da mulher e pai do filho, vendo-o fraco e lamentável, impertinente e lamurioso como um menino, às vezes até ridículo, às vezes até nojento...

Ah, não quero pensar nisso. Respiro também profundamente o ar limpo e livre. Ondas espoucam ao sol. O sol brilha nos cabelos e na curva do ombro da viúva. Ela está sentada, quieta, séria, uma perna estendida, outra em ângulo. O sol brilha também em seu joelho. O sol ama a viúva. Eu vejo a viúva.

A NAVEGAÇÃO DA CASA

Muitos invernos rudes já viveu esta casa de Paris. E os que a habitaram através dos tempos lutaram longamente contra o frio entre estas paredes que hoje abrigam um triste senhor do Brasil.

    Vim para aqui enxotado pela tristeza do quarto do hotel, uma tristeza fria, de escritório. Chamei amigos para conhecer a casa. Um trouxe conhaque, outro veio com vinho tinto. Um amigo pintor trouxe um cavalete e tintas para que os pintores amigos possam pintar quando vierem. Outro apareceu com uma vitrola e um monte de discos. As mulheres ajudaram a servir as coisas e dançaram alegremente para espantar o fantasma das tristezas de muitas gerações que moraram sob esse teto. A velha amiga trouxe um lenço, pediu-me uma pequena moeda de meio franco. A que chegou antes de todas trouxe flores; pequeninas flores, umas brancas e outras cor de vinho. Não são das que aparecem nas vitrinas de luxo, mas das que rebentam por toda parte, em volta de Paris e dentro de Paris, porque a primavera chegou.

    Tudo isso alegra o coração de um homem. Mesmo quando ele já teve outras casas e outros amigos, e sabe que o tempo carrega uma traição no bojo de cada minuto. Oh! deuses miseráveis da vida, por que nos obrigais ao incessante assassínio de nós mesmos, e a esse interminável desperdício de ternuras? Bebendo esse grosso vinho a um canto da casa comprida e cheia de calor humano (ela parece jogar suavemente de popa a proa, com seus assoalhos oscilantes sob os tapetes gastos, velha fragata que sai outra vez para o oceano, tripulada por vinte criaturas bêbedas) eu vou ternamente misturando aos presentes os fantasmas cordiais que vivem em minha saudade.

Quando a festa é finda e todos partem, não tenho coragem de sair. Sinto o obscuro dever de ficar só neste velho barco, como se pudesse naufragar se eu o abandonasse nesta noite de chuva. Ando pelas salas ermas, olho os cantos desconhecidos, abro as imensas gavetas, contemplo a multidão de estranhos e velhos utensílios de copa e de cozinha.

Eu disse que os moradores antigos lutaram duramente contra o inverno, através das gerações. Imagino os invernos das guerras que passaram; ainda restam da última farrapos de papel preto nas janelas que dão para dentro. Há uma série grande e triste de aparelhos de luta contra o frio; aquecedores a gás, a eletricidade, a carvão e óleo que foram sendo comprados sucessivamente, radiadores de diversos sistemas, com esse ar barroco e triste da velha maquinaria francesa. Imagino que não usarei nenhum deles; mas abril ainda não terminou e depois de dormir em uma bela noite enluarada de primavera acordamos em um dia feio, sujo e triste como uma traição. O inverno voltou de súbito, gelado, com seu vento ruim a esbofetear a gente desprevenida pelas esquinas.

Hesitei longamente, dentro da casa gelada; qual daqueles aparelhos usaria? O mais belo, revestido de porcelana, não funcionava, e talvez nunca tivesse funcionado; era apenas um enfeite no ângulo de um quarto; investiguei lentamente os outros, abrindo tampas enferrujadas e contemplando cinzas antigas dentro de seus bojos escuros. Além do sistema geral da casa – esse eu logo pus de lado, porque comporta ligações que não merecem fé e termômetros encardidos ao lado de pequenas caixas misteriosas – havia vários pequenos sistemas locais. Chegaram uns amigos que se divertiram em me ver assim perplexo. Dei conhaque para aquecê--los, uma jovem se pôs a cantar na guitarra, mas continuei minha perquirição melancólica. Foi então que me veio a ideia mais simples: afastei todos os aparelhos e abri, em cada sala, as velhas lareiras. Umas com trempe, outras sem trempe, a todas enchi de lenha e pus fogo, vigiando sempre para ver se as chaminés funcionavam, jogando jornais, gravetos e tacos e toros, lutando contra a fumaceira, mas venci.

Todos tiveram o mesmo sentimento: apagar as luzes. Então eu passeava de sala em sala como um velho capitão, vigiando meus fogos que lançavam revérberos nos móveis e paredes, cuidando carinhosamente das chamas como se fossem grandes flores ardentes mas delicadas que iam crescendo graças ao meu amor. Lá fora o vento fustigava a chuva, na praça mal iluminada; e vi, junto à luz triste de um poste, passarem flocos brancos que se perdiam na escuridão. Essa neve não caía do céu; eram as pequenas flores de uma árvore imensa que voavam naquela noite de inverno, sob a tortura do vento.

    Detenho-me diante de uma lareira e olho o fogo. É gordo e vermelho, como nas pinturas antigas; remexo as brasas com o ferro, baixo um pouco a tampa de metal e então ele chia com mais força, estala, raiveja, grunhe. Abro: mais intensos clarões vermelhos lambem o grande quarto e a grande cômoda velha parece regozijar-se ao receber a luz desse honesto fogo. Há chamas douradas, pinceladas azuis, brasas rubras e outras cor-de-rosa, numa delicadeza de guache. Lá no alto, todas as minhas chaminés devem estar fumegando com seus penachos brancos na noite escura; não é a lenha do fogo, é toda a minha fragata velha que estala de popa a proa, e vai partir no mar de chuva. Dentro, leva cálidos corações.

    Então, nesse belo momento humano, sentimos o quanto somos bichos. Somos bons bichos que nos chegamos ao fogo, os olhos luzindo; bebemos o vinho da Borgonha e comemos pão. Meus bons fantasmas voltam e se misturam aos presentes; estão sentados; estão sentados atrás de mim, apresentando ao fogo suas mãos finas de mulher, suas mãos grossas de homem. Murmuram coisas, dizem meu nome, estão quietos e bem, como se sempre todos vivêssemos juntos; olham o fogo. Somos todos amigos, os antigos e os novos, meus sucessivos "eus" se dão as mãos, cabeças castanhas ou louras de mulheres de várias épocas são lambidas pelo clarão do mesmo fogo, caras de amigos meus que não se conheciam se fitam um momento e logo se entendem; mas não falam muito. Sabemos que há muita coisa triste, muito erro e aflição, todos temos tanta culpa, mas agora está tudo bom.

Remonto mais no tempo, rodeio fogueiras da infância, grandes tachos vermelhos, tenho vontade de reler a carta triste que outro dia recebi de minha irmã. Contemplo um braço de mulher, que a luz do fogo beija e doura; ela está sentada longe, e vejo apenas esse braço forte e suave, mas isso me faz bem. De súbito me vem uma lembrança triste, aquele sagui que eu trouxe do norte de Minas para minha noiva e morreu de frio porque o deixei fora uma noite, em Belo Horizonte. Doeu-me a morte do sagui; sem querer eu o matei de frio; assim matamos, por distração, muitas ternuras. Mas todas regressam, o pequenino bicho triste também vem se aquecer ao calor de meu fogo, e me perdoa com seus olhos humildes. Penso em meninos. Penso em um menino.

AULA DE INGLÊS

— *Is this an elephant?*
Minha tendência imediata foi responder que não; mas a gente não deve se deixar levar pelo primeiro impulso. Um rápido olhar que lancei à professora bastou para ver que ela falava com seriedade, e tinha o ar de quem propõe um grave problema. Em vista disso, examinei com a maior atenção o objeto que ela me apresentava.

Não tinha nenhuma tromba visível, de onde uma pessoa leviana poderia concluir às pressas que não se tratava de um elefante. Mas se tirarmos a tromba a um elefante, nem por isto deixa ele de ser um elefante; e mesmo que morra em consequência da brutal operação, continua a ser um elefante; continua, pois um elefante morto é, em princípio, tão elefante como qualquer outro. Refletindo nisto, lembrei-me de averiguar se aquilo tinha quatro patas, quatro grossas patas, como costumam ter os elefantes. Não tinha. Tampouco consegui descobrir o pequeno rabo que caracteriza o grande animal e que, às vezes, como já notei em um circo, ele costuma abanar com uma graça infantil.

Terminadas as minhas observações, voltei-me para a professora e disse convictamente:

– *No, it's not!*
Ela soltou um pequeno suspiro, satisfeita: a demora de minha resposta a havia deixado apreensiva. Imediatamente me perguntou:
– *Is it a book?*
Sorri da pergunta: tenho vivido uma parte de minha vida no meio de livros, conheço livros, lido com livros, sou capaz de distinguir um livro à primeira vista no meio de quaisquer outros objetos, sejam eles garrafas, tijolos ou cerejas maduras – sejam quais forem. Aquilo não era um livro, e mesmo supondo que houvesse livros encadernados em louça, aquilo não seria um deles: não parecia de modo algum um livro. Minha resposta demorou no máximo dois segundos:
– *No, it's not!*
Tive o prazer de vê-la novamente satisfeita – mas só por alguns segundos. Aquela mulher era um desses espíritos insaciáveis que estão sempre a se propor questões, e se debruçam com uma curiosidade aflita sobre a natureza das coisas.
– *Is it a handkerchief?*
Fiquei muito perturbado com esta pergunta. Para dizer a verdade, não sabia o que poderia ser um *handkerchief*; talvez fosse hipoteca... Não, hipoteca não. Por que haveria de ser hipoteca? *Handkerchief!* Era uma palavra sem a menor sombra de dúvida antipática; talvez fosse chefe de serviço ou relógio de pulso ou ainda, e muito provavelmente, enxaqueca. Fosse como fosse, respondi impávido:
– *No, it's not!*

Minhas palavras soaram alto, com certa violência, pois me repugnava admitir que aquilo ou qualquer outra coisa nos meus arredores pudesse ser um *handkerchief*.

Ela então voltou a fazer uma pergunta. Desta vez, porém, a pergunta foi precedida de um certo olhar em que havia uma luz de malícia, uma espécie de insinuação, um longínquo toque de desafio. Sua voz era mais lenta que das outras vezes; não sou completamente ignorante em psicologia feminina, e antes dela abrir a boca eu já tinha a certeza de que se tratava de uma pergunta decisiva.

– *Is it an ash-tray?*

Uma grande alegria me inundou a alma. Em primeiro lugar porque eu sei o que é um *ash-tray:* um *ash--tray* é um cinzeiro. Em segundo lugar porque, fitando o objeto que ela me apresentava, notei uma extraordinária semelhança entre ele e um *ash-tray*. Sim. Era um objeto de louça de forma oval, com cerca de 13 centímetros de comprimento. As bordas eram da altura aproximada de um centímetro, e nelas havia reentrâncias curvas – duas ou três – na parte superior. Na depressão central, uma espécie de bacia delimitada por essas bordas, havia um pequeno pedaço de cigarro fumado (uma bagana) e, aqui e ali, cinzas esparsas, além de um palito de fósforo já riscado. Respondi:

– *Yes!*

O que sucedeu então foi indescritível. A boa senhora teve o rosto completamente iluminado por uma onda de alegria; os olhos brilhavam – vitória! vitória! – e um largo sorriso desabrochou rapidamente nos lábios havia pouco franzidos pela meditação triste e inquieta. Ergueu-se um pouco da cadeira e não se pôde impedir de estender o braço e me bater no ombro, ao mesmo tempo que exclamava, muito excitada:

— *Very well! Very well!*

Sou um homem de natural tímido, e ainda mais no lidar com mulheres. A efusão com que ela festejava minha vitória me perturbou; tive um susto, senti vergonha e muito orgulho.

Retirei-me imensamente satisfeito daquela primeira aula; andei na rua com passo firme e ao ver, na vitrine de uma loja, alguns belos cachimbos ingleses, tive mesmo a tentação de comprar um. Certamente teria entabulado uma longa conversação com o embaixador britânico, se o encontrasse naquele momento. Eu tiraria o cachimbo da boca e lhe diria:

— *It's not an ash-tray!*

E ele na certa ficaria muito satisfeito por ver que eu sabia falar inglês, pois deve ser sempre agradável a um embaixador ouvir sua língua natal versada pelas pessoas de boa-fé do país junto a cujo governo é acreditado.

CAÇADA DE PACA

Conversa de paca é um negócio danado. A gente começa a falar de carne de paca, depois fala de um cachorro paqueiro, de espera da paca, então alguém diz que nesse mato tem paca e na fazenda vizinha tem um sujeito que é bom caçador de paca, então adeus! Adeus minha boa rede embaixo da mangueira, adeus sossego, adeus: o demônio da paca nos possui a todos. Tião vai pegar os cavalos, vamos conversar com o homem que tem cachorro para caçar paca, já chegamos no escuro, ainda disfarçamos olhando a bruta sala de jantar da outra fazenda com seus imensos móveis de carvalho francês, carvalho francês é *chêne*, o velho retrato em tamanho natural com *passe-partout* de veludo da menininha que morreu há muitos, muitos anos, quando tinha cinco anos, depois combinamos tudo para dez da noite no Alto do Veado, pois o homem disse: olhem que estive caçando paca desde a uma da madrugada até as três da tarde e não matei paca; meus cachorros estão cansados, mas não tem nada: minha paixão na vida é caçar paca, deixei de ser chofer de praça no Rio de Janeiro porque lá não podia caçar paca; atraso a conta do armazém dois meses para comprar um cachorro que sabe trabalhar uma paca; já me botaram um bom dinheiro por esse cachorro aí, lá em São José do Rio Preto, e eu ando bem precisado, mas não quis porque minha distração na vida é caçar paca, e esse cachorro – ah, o senhor vai ver esse cachorro atrás de uma paca!

Nessa conversa, eu que estava tão bonito na minha rede, aqui estou eu neste caminho escuro, nesta noite sem lua sofrendo medo e cansando o braço e o corpo para conter em freio e bridão este cavalo pai-d'égua; quem foi que disse que eu era peão? Vejo um vulto de égua, meu macho rincha, empaca, força o freio, estou suando; não é égua, é um poldro, diz Anti; eu digo que está bem, mas o poldro vem atrás, minha vontade é saltar no chão e fazer a pé essas duas léguas de noite; passamos a porteira, mas não sei como o raio do poldro também passa a porteira. Tenha paciência, Anti, vamos destrocar de cavalo, você é cavaleiro, eu não sou, só sei andar bem mesmo é de táxi, me devolve meu manga-larga preto, não tem importância nenhuma esse defeito na mão.

E mais tarde saímos outra vez de camioneta, mas é a pé que subimos morro, descemos morro, tropicando na escuridão, já passa de meia-noite, os cachorros estão longe – coou, coou – lá vem a paca, apaga a luz e fecha a boca – coou, coou – não a paca não vem, é uma hora, são duas horas, a paca está correndo, parece que virou o morro – coou, coou – a paca vem – tébéi! tébéi! dois tiros de espingarda – cuim! cuim! – e o homem gritando lá embaixo no escuro: "Chumbaram meu cachorro!".

Então há uma grande discussão. Era uma paca, eram duas pacas, mas ninguém viu paca; a moral da história é que havia cachaça demais para caçar paca e então erramos o caminho e acabaram os fósforos, voltamos subindo o morro, paramos no mato sem saber onde estava a camioneta, sim, havia cachaça demais e gasolina de menos, temos de voltar a pé, chegamos de madrugada e as mulheres ainda rindo de nós, perguntando: como é, cadê a paca?

Foi Deus que fez o domingo, foi o brasileiro que armou a rede debaixo da mangueira e foi o Diabo que inventou a paca.

A PARTILHA

Os irmãos se separam e então um diz assim:
"Você fique com o que quiser, eu não faço questão de nada; mas se você não se incomoda, eu queria levar essa rede. Você não gosta muito de rede, quem sempre deitava nela era eu.

O relógio da parede eu estou acostumado com ele, mas você precisa mais de relógio do que eu. O armário grande do quarto e essa mesa de canela e essa tralha de cozinha, e o guarda-comida também. Tudo isso é seu.

O retrato de nossa irmã você fica com ele também: deixa comigo o de mãe, pois foi a mim que ela deu: você tinha aquele dela de chapéu, e você perdeu. O tinteiro de pai é seu; você escreve mais carta; e até que escreve bonito, você sabe que eu li sua carta para Júlia.

Essas linhas e chumbadas, o puçá e a tarrafa, tudo fica sendo seu: você não sabe nem empatar um anzol, de maneira que para mim é mais fácil arrumar outro aparelho no dia que eu quiser pescar.

Agora, tem uma coisa, o canivete. Pensei que você tivesse jogado fora, mas ontem estava na sua gaveta e hoje eu acho que está no seu bolso, meu irmão.

Ah, isso eu faço questão, me dê esse canivete. O fogão e as cadeiras, a estante e as prateleiras, os dois vasos de enfeite, esse quadro e essa gaiola com a coleira e o alçapão, tudo é seu: mas o canivete é meu. Aliás, essa gaiola fui eu que fiz com esse canivete. Você não sabe lidar com canivete, você na sua vida inteira nunca soube descascar uma laranja direito, mas para outras coisas você é bom. Eu sei que ele está no seu bolso.

Eu estou dizendo a você que tudo que tem nesta casa, menos o retrato de mãe – a rede mesmo eu não faço questão, embora eu goste mais de rede e fui sempre eu que consertei o punho, assim como sempre fui eu que consertei a caixa do banheiro, e a pia do tanque, você não sabe nem mudar um fusível, embora você saiba ganhar mais dinheiro do que eu: eu vi o presente que você deu para Júlia, ela me mostrou, meu irmão; pois nem a rede eu faço questão, eu apenas acho direito ficar com o retrato de mãe, porque o outro você perdeu.

Me dê esse canivete, meu irmão. Eu quero guardar ele como recordação. Quem me perguntar por que eu gosto tanto desse canivete eu vou dizer: é porque é lembrança de meu irmão. Eu vou dizer: isto é lembrança de meu irmão que nunca soube lidar com um canivete, assim como de repente não soube mais lidar com seu próprio irmão. Ou então me dá vergonha de contar e eu digo assim: esse canivete é lembrança de um homem bêbado que antigamente era meu amigo, como se fosse um irmão. Eu estarei dizendo a verdade, porque eu acho que você nunca foi meu irmão.

Eu sou mais velho que você, sou mais velho pouca coisa, mas sou mais velho, de maneira que posso dar conselho: você nunca mais na sua vida, nunca mais puxe canivete para um homem; canivete é serventia de homem, mas é arma de menino, meu irmão. Quando você estiver contrariado com um homem, você dê um tiro nele com sua garrucha; pode até matar à traição; nós todos nascemos para morrer. De maneira que, se você morresse agora, não tinha importância; mas eu não estou pensando em matar você, não. Se eu matasse, estava certo, estava matando um inimigo; não seria como você que levantou a arma contra seu irmão.

Bem, mas veja em que condições você me dá esse canivete; um homem andar com uma coisa suja dessas no bolso; não há nada, eu vou limpar ele; nem para isso você presta; mas para outras coisas você é bom.

Agora fique sossegado, tudo que tem aí é seu. Adeus, e seja feliz, meu irmão."

NOITE DE CHUVA

Foi na última chuvarada do ano, e a noite era preta. O homem estava em casa; chegara tarde, exausto e molhado, depois de uma viagem de ônibus mortificante, e comera, sem prazer, uma comida fria. Vestiu o pijama e ligou o rádio, mas o rádio estava ruim, roncando e estalando. "Há dois meses estou querendo mandar consertar este rádio", pensou com tédio. E pensou ainda que há muitos meses, há muitos anos, estava com muita coisa para consertar, desde os dentes até a torneira da cozinha, desde seu horário no serviço até aquele caso sentimental em Botafogo. E quando começou a dormir e ouviu que batiam na porta, acordou assustado achando que era o dentista, o homem do rádio, o caixa da firma, o irmão de Honorina ou um vago fiscal geral dos problemas da vida que lhe vinha pedir contas.

A princípio não reconheceu a negra velha Joaquina Maria, miúda, molhada, os braços magros luzindo, a cara aflita. Ela dizia coisas que ele não entendia; mandou que entrasse. Há alguns meses a velha lavava-lhe a roupa, e tudo o que sabia a seu respeito é que morava em um barraco, num morro perto da Lagoa, e era doente. Sua história foi saindo aos poucos. O temporal derrubara o barraco, e o netinho, de oito anos, estava sob os escombros. Precisava de ajuda imediata, se lembrara dele.

– O menino está... morto?

Ouviu a resposta afirmativa com um suspiro de alívio. O que ela queria é que ele telefonasse para a polícia, chamasse ambulância ou rabecão, desse um jeito para o menino não passar a noite entre os escombros, na enxurrada; ou arranjasse um automóvel e alguém para ir retirar o corpinho. Quis telefonar, mas o telefone não dava sinal; enguiçara. E quando meteu uma capa de gabardina e um chapéu e desceu a escada, viu que tudo enguiçara, os bondes, os ônibus, a cidade, todo esse conjunto de ferro, asfalto, fios e pedras que faz uma cidade, tudo estava paralisado, como um grande monstro débil.

– E os pais dele?

A velha disse que a mãe estava trabalhando em Niterói.

– E o pai?

Na mesma hora sentiu que fizera uma pergunta ociosa; devia ser um personagem vago e impreciso, negro e perdido na noite e no tempo, o pai daquele pretinho morto. Ia atravessando a rua com a velha; subitamente, como a chuva estivesse forte, e ela tossisse, mandou que voltasse e esperasse na entrada da casa. Tentou fazer parar quatro ou cinco automóveis; apenas conseguiu receber na perna jatos de lama. Entrou, curvando-se, em um botequim sórdido que era o único lugar aberto em toda a rua, mas já estava com a porta de ferro a meia altura. Não tinha telefone. Contou a história ao português do balcão, deu explicações ao garçom e a um freguês mulato que queria saber qual era o nome do morro – e sentiu que estava fazendo uma coisa inútil e ridícula, contar aquela história sem nenhum objetivo. Bebeu uma bagaceira, saiu para a rua, sob a chuva intensa, andou até a segunda esquina, atravessou a avenida, voltou, olhando vagamente dois bondes paralisados, um ônibus quebrado, os raros carros que passavam, luzidios na noite negra. Sentiu uma alegria vingativa pensando que mais adiante, como certamente já acontecera antes, eles ficariam paralisados, no engarrafamento enervante do trânsito. Uma ruazinha que descia à esquerda era uma torrente de água enlameada. Mesmo que encontrasse algum telefone funcionando, sabia que não conseguiria àquela hora qualquer ajuda da polícia, nem da assistência, nem dos bombeiros; havia desgraças em toda a cidade, bairros inteiros sem comunicação, perdidos debaixo da chuva. Meteu os pés até os tornozelos numa poça d'água. Encontrou a velha chorando baixinho.

– Dona...

Ela ergueu os olhos para ele, fixou-o numa pergunta aflitiva, como se fosse ele o responsável pela cidade, pelo mundo, pela organização inteira do mundo dos brancos. Disse à velha, secamente, que tinha arrumado tudo para "amanhã de manhã". Ela ainda o olhou com um ar desamparado – mas logo partiu na noite escura, sob a chuva.

OS PERSEGUIDOS

Ainda tirei o maço de cigarros do bolso para conferir novamente o número do apartamento, que anotara: 910. Apertei o botão da campainha. Atrás de mim, o Moreira, muito sujo, arfava; subíramos os últimos andares pela escada, por precaução; depois de um mês de cadeia ele não estava muito forte. Soube que mais de uma vez fora surrado; ficara dias sem comer e sem sair de seu cubículo escuro, e por isto tinha aquela cara de retirante ou de cão batido. Não cão batido – pois seus olhos estavam muito acesos, como se tivesse febre, e sua voz me parecia ao mesmo tempo mais rouca e mais alta. Sua aparência me impressionava; mas acima de qualquer sentimento eu tinha o desgosto de vê-lo tão sujo; de suas roupas miseráveis desprendia-se um cheiro azedo; e eu tinha a penosa impressão de que ele não dava importância alguma a isso. É estranho que ele me tratasse agora com certa superioridade; entretanto, eu tinha pena dele; pena e desgosto.

Como ninguém viesse, apertei novamente o botão. Moreira esboçou um gesto como se quisesse deter meu braço, evitar que eu tocasse outra vez; sua mão estava trêmula, ele parecia ter medo. Mas naquele mesmo instante a porta se abriu, e uma empregada de meia-idade, de uniforme, nos atendeu. Disse o nome – e ela nos mandou entrar. Então me vi marchando por um macio tapete claro, numa grande sala; junto às paredes, amplos sofás; e havia espelhos venezianos, enormes vasos de porcelana, quadros a óleo, flores. Um luxo de coisas e de espaço.

– Tenham a bondade de sentar e esperar um momento.

Logo que ela saiu, levantei-me e fui à janela. Era uma janela imensa, rasgada sobre o mar, o grande mar azul que arfava debaixo do sol. Nós tínhamos vivido aqueles tempos em quartos apertados e quentes, de uma só e miserável janela, dando para uma parede suja; nós vínhamos de casinhas de subúrbio, cheias de gente, feias e tristes; ou de cubículos imundos e frios; ou de uma enfermaria geral, com cheiro de iodofórmio. Entretanto, aquele apartamento de luxo não me espantara; apenas sentia que Moreira estava humilhado de estar ali. Mas essa vista do mar foi minha surpresa. Nos últimos tempos eu passava raramente junto do mar, e creio que nem o olhava; vivíamos como se fosse em outra cidade, afundados no interior, marchando por ruas de paralelepípedos desnivelados e carros barulhentos. E ali estava o mar, muito mais amplo do que o mar que poderia ser visto lá embaixo, da rua, pelos pobres; o mar dos ricos era imenso, e mais puro e mais azul, pompeando sua beleza na curva rasgada de longínquos horizontes, enfeitado de ilhas, eriçado de espumas. E o vento tinha um gosto livre e virgem, um vento bom para se encher o pulmão.

    Inspirei profundamente esse ar salgado e limpo; e tive a impressão de que estava respirando um ar que não era meu e eu nem sequer merecia. O ar de nós outros, os pobres, era mais quente e parado; tinha poeira e fumaça, o ar dos pobres.

A MULHER QUE IA NAVEGAR

O anúncio luminoso de um edifício em frente, acendendo e apagando, dava banhos intermitentes de sangue na pele de seu braço repousado, e de sua face. Ela estava sentada junto à janela e havia luar; e nos intervalos desse banho vermelho ela era toda pálida e suave. Na roda havia um homem muito inteligente que falava muito; havia seu marido, todo bovino; um pintor louro e nervoso; uma senhora morena de riso fácil e engraçado; um físico; uma senhora recentemente desquitada; e eu. Para que recensear a roda que falava de política ou de pintura? Ela não dava atenção a ninguém. Quieta, às vezes sorrindo quando alguém lhe dirigia a palavra, ela apenas mirava o próprio braço, atenta à mudança da cor. Senti que ela fruía nisso um prazer silencioso e longo. "Muito!", disse quando alguém lhe perguntou se gostara de um certo quadro – e disse mais algumas palavras; mas mudou um pouco a posição do braço e continuou a se mirar, interessada em si mesma, com um ar sonhador.

Quando começou a discussão sobre pintura figurativa, abstrata e concreta, houve um momento em que seu marido classificou certo pintor com uma palavra forte e vulgar; ela ergueu os olhos para ele, com um ar de censura; mas nesse olhar havia menos zanga do que tédio. Então senti que ela se preparava para o enganar.

Ela se preparava devagar, mas sem dúvida e sem hesitação íntima nenhuma; devagar, como um rito. Talvez nem tivesse pensado ainda que homem escolheria, talvez mesmo isso no fundo pouco lhe importasse, ou seria, pelo menos, secundário. Não tinha pressa. O primeiro ato de sua preparação era aquele olhar para si mesma, para seu belo braço que lambia devagar com os olhos, como uma gata se lambe no corpo; era uma lenta preparação. Antes de se entregar a outro homem, ela se entregaria longamente ao espelho, olhando e meditando seu corpo de 30 anos com uma certa satisfação e uma certa melancolia, vendo as marcas do maiô e da maternidade, se sorrindo vagamente, como quem diz: eis um belo barco prestes a se fazer ao mar; é tempo.

Talvez tenha pensado isso naquele momento mesmo; olhou-me, quase surpreendendo o olhar com que eu a estudava; não sei; em todo caso, me sorriu e disse alguma coisa, mas senti que eu não era o navegador que ela buscava. Então, como se estivesse despertando, passou a olhar uma a uma as pessoas da roda; quando se sentiu olhado, o homem inteligente que falava muito continuou a falar encarando-a, a dizer coisas inteligentes sobre homem e mulher; ela ia voltar os olhos para outro lado, mas ele dizia logo outra coisa inteligente, como quem joga depressa mais quirera de milho a uma pomba. Ela sorria, mas acabou se cansando daquele fluxo de palavras, e o abandonou no meio de uma frase. Seus olhos passaram pelo marido e pelo pequeno pintor loiro e então senti que pousavam no físico. Ele dizia alguma coisa à mulher recentemente desquitada, alguma coisa sobre um filme do festival. Era um homem moreno e seco, falava devagar e com critério sobre arte e sexo. Falava sem pose, sério; senti que ela o contemplava com uma vaga surpresa e com agrado. Estava gostando de ouvir o que ele dizia à outra. O homem inteligente que falava muito tentou chamar-lhe a atenção com uma coisa engraçada, e ela lhe sorriu; mas logo seus olhos se voltaram para o físico. E então ele sentiu esse olhar e o interesse com que ela o ouvia, e disse com polidez:

– A senhora viu o filme?

Ela fez que sim com a cabeça, lentamente, e demorou dois segundos para responder apenas: vi. Mas senti que seu olhar já estudava aquele homem com uma severa e fascinada atenção, como se procurasse na sua cara morena os sulcos do vento do mar e, no ombro largo, a secreta insígnia do piloto de longo, longo curso.

Aborrecido e inquieto, o marido bocejou – era um boi esquecido, mugindo, numa ilha distante e abandonada para sempre. É estranho: não dava pena.

Ela ia navegar.

FORÇA DE VONTADE

Refugou o copo de vinho que eu lhe oferecia; depois também não quis aceitar um cigarro. Não bebia, não fumava, não tinha nenhum vício. Tinha uma cara gorda e mole de padre, e falava com precisão sobre o custo da vida em São Paulo.

Contou-me por exemplo que seu pai, homem de 80 anos, que mora na Quarta Parada, vai toda semana comprar carne em Mogi das Cruzes, onde é mais barata e mais bem servida.

– Lá em casa comemos boa carne todo dia – disse ele com ênfase.

Não, não era casado – morava com os pais, que sustentava com seu trabalho. "Aliás" – me disse subitamente, com um brilho nos olhos e as mãos trêmulas como quem toma coragem para fazer uma confissão sensacional – "aliás este foi o primeiro ideal que me propus a realizar na vida. E realizei. Agora estou realizando o último dos meus três ideais."

Fiquei um instante indeciso, com medo de fazer perguntas. Nada, na figura daquele comerciante, faria supor que tivesse ideais, nem faria suspeitar aquela tensão com que começou a me falar. Eu me sentara por acaso ao seu lado na mesa daquele hotel em Foz do Iguaçu.

– Visitar pelo menos um país estrangeiro. Por isto vim nesta excursão. Hoje pela manhã já cumpri o que prometi a mim mesmo: fui ao Paraguai. Agora, depois do almoço, vou à Argentina. O outro ideal que me propus e também já cumpri era ter um diploma.

Não lhe perguntei que diploma tinha, e agora me lembro que não reparei se havia algum anel de grau em seu dedo. Mas suponho que seja de Direito, pois quem quer ter um diploma e não faz muita questão acaba sendo bacharel em Direito.

– Há pouco tempo recusei uma boa posição numa grande companhia para não me mudar para o Rio.

Achei polido concordar com ele em que viver em São Paulo, de certo ponto de vista, é na verdade mais interessante.

– Não sei – disse ele. – Eu não podia ir para o Rio. Eu não conheço o Rio. Agora, sim, posso conhecer o Rio.

E então me explicou que seu sistema era este: para cumprir cada um de seus três ideais, pusera ele mesmo um obstáculo diante de cada um. Como tinha desde criança muita vontade de ir ao Rio, resolvera: não o fazer enquanto não cumprisse seu ideal número 3 – isto é, enquanto não visitasse pelo menos um país estrangeiro. O mesmo fizera em relação aos outros dois ideais. Por um momento tive a impressão de que ia me contar qual tinha sido a promessa que fizera em relação aos outros dois ideais – mas creio que achou que já se abrira demasiado comigo. Talvez o desanimasse minha cara meio sonolenta depois do vinho tinto do almoço, naquele dia quente.

Pouco depois ele seguiu, com o grupo de turistas, para visitar as quedas e ir ao lado argentino. Só o vi depois do jantar e, como eu estava muito bem-disposto, me aproximei dele. Eu estava numa roda em que se bebia alegremente uma boa "*caña*" paraguaia e insisti para que viesse tomar um cálice: – "Afinal você deve estar contente hoje, precisa comemorar . Você realizou o terceiro e último ideal de sua vida" – e em duplicata: "visitou dois países estrangeiros!"

Embora ele recusasse o convite, sentei-me um momento a seu lado.

– Sim – disse ele. – Eu provei minha força de vontade: realizei tudo o que prometera a mim mesmo um dia. E foi duro: tive de passar muitas necessidades e me esforçar muito. Quando eu era rapazinho, não tinha força de vontade. Mas hoje tenho a prova de que qualquer homem pode ter muita força de vontade. É uma coisa formidável.

Voltei para a roda, onde se bebia e se contavam anedotas. Logo depois resolvemos todos sair para dar uma volta de carro. Convidei o homem da força de vontade – havia um lugar no carro. Ele não aceitou. Ficou ali no saguão do hotel – e quando voltei para apanhar minha lanterna, surpreendi a expressão de seu rosto: estava sério, triste e ao mesmo tempo com um ar tão aparvalhado e tão vazio como quem não tivesse coisa alguma a fazer na vida e acabasse de descobrir isto.

O ESPANHOL QUE MORREU

Ir para Copacabana já não tinha o menor sentido; seria regressar à idade moderna. Como dar adeus às sombras amigas, como deixar os fantasmas cordiais que se tinham abancado em volta, ou de pé, e em silêncio nos fitavam?
Era melhor cambalear pela triste Lapa. Mas então aconteceu que os fantasmas ficaram lá embaixo, quando subimos a escada. E dentro de meia hora chegamos à conclusão de que o meu amigo é que era um fantasma. A mulher que dançava um samba começou a fitá-lo, depois chamou outras. Nós somos pobres, e a dose de vermute é cara. Como dar de beber a todas essas damas que rodeiam o amigo? Mas elas não querem beber vermute; bebem meu amigo com os olhos e perguntam seu nome todo. Fitam-no ainda um instante, reparam na boca, os olhos, o bigode, e se retiram com um ar de espanto; mas a primeira mulher fica, apenas com sua amiga mais íntima, que é mulata clara e tem um apelido inglês.
Em que cemitério dorme, nesta madrugada de chuva, esse há anos finado senhor de nacionalidade espanhola e província galega? Esse que vinha toda noite e era amigo de todas, e amado de Sueli? Tinha a cara triste, nos informam, igual a ele, mas igual, igual. Então meu amigo

se aborrece; nem trabalha no comércio, nem é espanhol, nem sequer está morto, embora confesse que ama Sueli. Elas continuam; tinha a cara assim, triste, mas afinal era engraçado, e como era bom. E até aquele jeito de falar olhando as pessoas às vezes acima dos olhos, na testa, nos cabelos, como se estivesse reparando numa coisa. Trabalhava numa firma importante e um dia um dos sócios esteve ali com ele, naquela mesa ao lado, e disse que quando tinha um negócio encrencado com algum sujeito duro, mandava o Espanhol, e ele resolvia. Sabia lidar com pessoas; além disto bebia e nunca ninguém pôde dizer que o viu bêbado. Só ficava meio parado e olhava as pessoas mais devagar. Mais de dez mulheres acordaram cedo para ir ao seu enterro; chegaram, tinha tanta gente que todos ficaram admirados. Homens importantes do comércio, e família, e moças, e colegas de firma, automóvel e mais automóvel, meninos entregadores em suas bicicletas, muita gente chorando, e no cemitério houve dois discursos. Até perguntaram quem era que estavam enterrando. Era o Espanhol.

Sueli e Betty contam casos; de repente o garçom também repara em meu amigo, e pergunta se ele é irmão do Espanhol. Descemos. Quatro ou cinco mulheres nos trazem até a escada, ficam olhando. Eu digo: estão se despedindo de você, isto é seu enterro. Meu amigo está tão bêbado que sai andando na chuva e falando espanhol, e some. Não o encontro mais. Fico olhando as árvores do Passeio Público com a extravagante ideia de que ele podia estar em cima de alguma delas. Grito seu nome. Ele não responde. A chuva cai, lamentosa. Então percebo que na verdade ele é o Espanhol, e morreu.

O REI SECRETO DE FRANÇA

Em Paris há coisas que a gente não entende bem, pois houve reis, imperadores e revoluções, de maneira que acontece, por exemplo, que no túmulo de Maria Antonieta não tem Maria Antonieta.
— Mas este é o verdadeiro túmulo de Maria Antonieta — dizia o velho guarda. — Acontece que logo depois de executada ela foi enterrada em certo lugar; mais tarde retiraram seu corpo e lhe deram sepultura de honra, mas depois as coisas viraram, de maneira que...
O homem estava distraído, olhava o relógio, não ouvia o que lhe dizia o velho guarda. Era primavera em Paris, era primavera no mundo, era primavera na vida. E havia ali perto uma pequena rua tranquila com um velho casarão discreto onde chegaria alguém dentro de meia hora — meia hora ainda! O homem suspirava olhando o relógio, contemplando vagamente o túmulo, ouvindo silvos de trens para os lados da gare de Lyon e vagos pios de pássaros nas árvores; o guarda se calara. Muito bem, reis mortos, reis postos, os franceses outrora tinham reis chamados luíses numerados, e rainhas e cortesãs, frases de espírito, revoluções, "finesse" e tudo isto lenta, lentamente foi permitindo a formação

de criaturas como aquela velha *"concierge"* de cabelos brancos e gargantilha alta, solene como uma imperatriz, que já conhecia o casal de amantes e dizia:

– O 14, não é? Vou ver se está livre o 14...

Era um apartamento imenso, com um banheiro imenso, com uma banheira imensa, um leito imenso; era um apartamento de frente na ruazinha quieta, e pelas cortinas se filtrava uma pálida luz.

– O senhor não deseja ver a cripta onde estiveram os ossos?

Teria sido realmente bonita Maria Antonieta? De qualquer modo foi uma judiação matarem a moça; mas também se os franceses não fizessem a Revolução Francesa, quem iria fazer? Os portugueses? "Jamais", *"jamais de la vie"*. O homem sentia-se meio tonto com os conhaques que tomara fazendo hora para o encontro na "Maison de Famille", que era o que estava escrito no casarão do encontro.

Que estivesse livre o 14! Pensava aflitamente nisso, mas sua aflição era outra em que não ousava pensar, era ver repetir-se o milagre daquela aparição – bom dia, esperou muito? – a mais fina e bela mulher da França saltaria de um velho táxi escuro com seu vestido leve, primaveril, sua pele macia, seu gosto de romã-de-vez, os olhos azuis – ah, foi preciso muito luxo, como esse de matar rainhas, para se produzir uma graça tão alta – e esse milagre extraordinário, essa fantasia de vir ao seu encontro, e ele então se sentia o rei secreto da França – não é verdade que uma vez, ao entrarem em uma ponte, em um carro puxado a cavalo, a brisa jogara sobre suas cabeças, de um ramo alto, uma chuva de flores? Rei coroado; mas na França, país perigoso, França, aqui se matam reis.

    De súbito viu que era tarde, deu um dinheiro ao guarda, desceu escadas, quase correu pela rua, chegou, então viu que ainda era cedo; suspirou. E se ela não viesse, não pudesse vir ou não quisesse vir, que fazer com aquela rua quieta e aquele céu azul e aquela brisa mansa, e aquele corpo e aquela alma trêmula? – tomou mais dois conhaques, sua mão trêmula suava, entretanto era homem, não era um adolescente, era rei. E quando ela chegou e disse que aquele encontro era uma despedida, que devia partir para remotas suécias, talvez nunca mais se vissem e, ao sair, disse: "Meu Deus, preciso falar ao telefone": e então quando ela se afastou e ele entregou a chave do 14 à velha *"concierge"*, e lhe pagou em dobro o apartamento, já que era a última vez, a última vez!

    – Senhor – disse a dignitária de altas gargantilhas agradecendo – eu lhe digo, senhor, não sei vosso nome nem quem sois, mas eu lhe digo – tenho mais de 70 anos e tenho visto muita coisa: nunca, por nada, perca essa mulher: é a mais linda da França e do mundo, o senhor tem sorte, senhor, roube, faça tudo, mas não a perca nunca, nunca.

    Quando ela saiu da cabine de telefone o táxi estava na porta, e foi apenas o tempo de lhe beijar a mão – mal se olharam – ela entrou no feio carro alto e escuro – tinha tanta pressa e chorava, a futura Rainha da Suécia, das distantes Suécias e Noruegas do nunca mais.

VISITA DE UMA SENHORA

Bateram à porta e eu abri.
— Posso entrar?
— Claro.
Era bonita, morena. Tinha um lenço na cabeça, óculos escuros, uma blusa de cores alegres, saia branca, as pernas nuas, sandálias sem salto. De seu corpo vinha um cheiro fresco de água-de-colônia.
— Você não me conhece não.
Morava no bairro, já tinha me visto uma vez na praia e era casada: "Vivo muito bem com meu marido. Mas se ele soubesse que eu vim aqui ficaria furioso, você não acha?"
— Claro.
Perguntou se eu só sabia dizer "claro". Bem lhe haviam dito que eu às vezes sou inteligente escrevendo, mas falando sou muito burro. Para irritá-la, concordei:
— Claro.
Mas ela sorriu. Perguntou se eu fazia questão de saber seu nome; era melhor não dizer, aliás eu conhecia ligeiramente seu marido, já estivera com ele em mesa de bar, mas talvez não ligasse o nome à pessoa. Tive vontade de dizer outra vez "claro", mas seria excessivo;

fiquei quieto. Então ela disse que há muito tempo lia minhas coisas, gostava muito, isto é, às vezes achava chato, mas tinha vezes que achava formidável:

— Você uma vez escreveu uma coisa que parecia que você conhecia todos os meus segredos, me conhecia toda como eu sou por dentro. Como é que pode? Como que um homem pode sentir essas coisas? Você é homem mesmo?

Respondi que sim, era, mas sem exagero. Aliás, está provado que cada pessoa de um sexo tem certas características do sexo oposto, ninguém é totalmente macho nem fêmea.

— Quer dizer que você é mais ou menos?

— Mais ou menos.

— O que você é, é muito cínico. Engraçado, escrevendo não dá ideia. Tem umas coisas românticas...

— Todo mundo tem umas coisas românticas. Mas na minha idade ninguém é realmente romântico, a menos que seja palerma.

Perguntou-me a idade, eu disse. Espantou-se:

— Puxa, quase o dobro da minha! É mesmo, você já está muito velho. Isto é, velho, velho mesmo, não, mas para mim está. Que pena!

— "Que pena" digo eu. Se eu soubesse teria pedido a meus pais para me fazerem mais tarde, depois de outros filhos; mas não poderia prever que iria encontrá-la a esta altura. Agora acho que já fica difícil tomar qualquer providência. Uma pena.

Ela disse que eu estava lhe fazendo "um galanteio gaiato"; mas não deve ter ficado aborrecida, porque me fez um elogio:

– Você não é burro, não.

Agradeci gravemente e perguntei a que devia, afinal de contas, o prazer de sua visita.

– Besteira. Uma besteira minha. Eu gosto muito de meu marido.

E subitamente, jogou-se na poltrona e desandou a chorar. Pus a mão em seu ombro e delicadamente aconselhei-a a ir-se embora. Ergueu-se, refazendo-se, abriu a bolsa, retocou a pintura, espiou o reloginho de pulso – "chi, quase seis horas!" – despediu-se com um *ciao* e foi-se embora para nunca mais.

PRAGA DE MENINO

Não tínhamos nada contra os vizinhos de frente: o velho, de bigodes brancos, era sério e cordial, e às vezes até nos cumprimentava com deferência. O outro homem da casa tinha uma voz grossa e alta, mas nunca interferiu em nossa vida, e passava a maior parte do tempo numa fazenda fora da cidade; seu jeito de valentão nos agradava, porque ele torcia para o mesmo time que nós.

Mas havia as mulheres. Quantas eram, oito ou vinte, as irmãs Teixeiras? Sei que era uma casa térrea muito longa, cheia de janelas que davam para a rua, e em cada janela havia sempre uma Teixeira espiando. Algumas eram boazinhas, mas em conjunto as irmãs Teixeiras eram nossas inimigas, principalmente as mais velhas e mais magras.

Tinham um pecado fundamental: não compreendiam que, numa cidade estrangulada entre morros, nós teríamos de andar muito para arranjar um campo de futebol; o campo natural para chutar a bola de borracha ou de meia era a rua mesmo.

Jogávamos descalços, a rua era de pedras irregulares, a gente dava muita topada. Todos tínhamos os pés escalavrados: as plantas dos pés eram de couro grosso, e as unhas eram curtas e tortas. Ainda me lembro de um pedaço do "campo" que era melhor, do lado da extrema-direita de quem jogava de baixo para cima. Tinha uma pedra grande, lisa, e depois um meio metro só de terra com capim, lugar esplêndido para chutar em gol ou centrar.

Não era preciso ter onze jogadores de cada lado: podia ser qualquer número, e mesmo às vezes jogavam cinco contra seis, pois a gente punha dois menores para equilibrar um vaca-brava maior. As partidas eram emocionantes; até hoje não compreendo como as Teixeiras jamais se entusiasmaram pelo nosso futebol.

Com os Andradas tínhamos feito uma espécie de pacto; a gente não jogava bola defronte da casa deles, mas um pouco para cima, onde havia um muro que dava para o quintal da casa; em compensação, eles deixavam a gente pular o muro e apanhar a bola quando caía do lado de lá. Mas o muro não era bastante comprido, e assim o nosso campo abrangia algumas janelas das Teixeiras.

Quando a gritaria na rua era maior, uma das Teixeiras costumava nos passar um pito da janela, mandando a gente embora. O jogo parava um instante, ficávamos quietos, de cara no chão – e logo que ela saía da janela a peleja continuava. Às vezes outra Teixeira voltava a gritar – começava por nos chamar de "meninos desobedientes" e acabava nos chamando de "moleques", o que nos ofendia muito ("Moleque é a senhora!" – gritou Chico uma vez), mas de modo algum nos impedia de finalizar a pugna.

Uma das Teixeiras era mais cordial, chamava um de nós pelo nome, dizia que éramos meninos inteligentes, filhos de gente boa, portanto saberíamos compreender que a bola podia quebrar uma vidraça. "Não quebra não senhora! Não quebra não senhora!" – gritávamos com absoluta convicção, e tratávamos de tocar o jogo para não ouvir novas observações.

Um dia ela nos propôs jogar mais para baixo. "Não, senhora, lá nós não podemos porque tem a Dona Constança doente". Desculpa notável, prova do bom coração de nosso time.

– Então por que vocês não jogam mais para cima? – propôs com certa astúcia, e falando um pouco baixo, como se temesse que os vizinhos de cima ouvissem. "– Ah, não, o campo lá não presta!" – foi nosso irrespondível argumento de ordem técnica.

– Eu vou falar com papai! Quando ele chegar vocês vão ver – gritou certa vez uma Teixeira das mais antipáticas.

Naquele momento o coronel de bigodes brancos ia chegando. O jogo parou, ele perguntou à filha o que era.

– "Esses meninos fazendo algazarra aí, é um inferno, qualquer hora quebram uma vidraça."

O velho ouviu calado e entrou calado, sem sequer nos olhar. Sentimos que ele, sim, era uma pessoa realmente importante, um homem direito. E continuamos nossa partida.

As queixas de algumas Teixeiras faziam em nossa casa eram muito bem recebidas por mamãe, que lhes dava toda razão.

– Esses meninos estão mesmo impossíveis.

Como a conversa lá em casa um dia versasse sobre as Teixeiras, mamãe disse que fulana e sicrana (duas das irmãs) eram muito boazinhas, muito simpáticas, mas beltrana, coitada, era tão enjoada, tão antipática, "ainda ontem esteve aqui fazendo queixas de meus filhos".

Mamãe era a favor de nosso time; mamãe e, no fundo, papai também. Eles sempre foram a favor de nosso time!

A troca da bola de meia para a bola de borracha foi uma importante evolução técnica. Nossa primeira bola de borracha era branca e pequena; um dia, entretanto, apareceu um menino com uma bola maior, de várias cores, belíssima, uma grande bola que seu pai havia trazido do Rio de Janeiro. Um deslumbramento; dava até pena de chutar. Ela passou de mão em mão: jamais nenhum de nós tinha visto coisa tão linda, nem na terra nem no céu.

As Teixeiras não gostaram quando essa bola partiu uma vidraça. Todos sentimos que acontecera algo de imperdoável. Alguns meninos correram; outros ficaram a certa distância da janela, olhando, trêmulos, mas dispostos a enfrentar a catástrofe. Apareceu logo uma das Teixeiras, e gritou várias descomposturas. Ficamos imóveis, calados, ouvindo, sucumbidos. Ela apanhou a bola e sumiu dentro de casa. Voltou logo depois e, em nossa frente, executou o castigo terrível: com um grande canivete preto furou a bola, depois cortou-a em duas metades e atirou-a na rua. Nunca nenhum de nós teria podido imaginar um ato de maldade tão revoltante. Choramos de raiva; apareceram mais duas Teixeiras, que davam gritos e ameaçavam descer para nos puxar as orelhas. Fugimos.

A reunião foi junto do cajueiro do morro. Nossa primeira ideia foi quebrar outras vidraças a pedradas. Alguém teve um plano mais engenhoso: dali mesmo, do alto do morro, podíamos quebrar as vidraças com atiradeiras, e ninguém nos veria.
– Mas elas vão dizer que fomos nós!
Alguém informou que as Teixeiras iam todas no dia seguinte para uma festa na fazenda, um casamento ou coisa que o valha. O plano foi traçado por mim. A casa das Teixeiras dava os fundos para o rio e uma vez, em que passeava de canoa, pescando aqui e ali, eu entrara em seu quintal para roubar carambolas. Havia um cachorro, mas, nosso conhecido, era fácil de enganar.
Falou-se muito tempo dos ladrões que tinham arrombado a porta da cozinha da casa das Teixeiras. Um cabo de polícia estev e lá, mas não chegou a nenhuma conclusão. Os ladrões tinham roubado um anel sem muito valor, mas de grande estimação, com monograma, e tinham feito uma desordem tremenda na casa; havia vestidos espalhados pelo chão, um tinteiro e uma caixa de pó de arroz entornados num quarto, sobre a cama. Falou-se que tinha desaparecido dinheiro, mas era mentira; lembro-me de uma faca de cozinha, um martelo, uma lata de goiabada; isto foi todo o nosso butim.
O anel foi enterrado em algum lugar no alto do morro; mas alguns dias depois caiu um temporal e houve forte enxurrada; jamais conseguimos encontrar o tesouro secretíssimo, e rasgamos o mapa que havíamos desenhado.

Durante algum tempo as famílias da rua fecharam com mais cuidado as portas e janelas, mas os ladrões não apareceram mais.

Nosso segredo nos deu certo sentimento de importância, mas nunca mais jogamos futebol diante da casa das Teixeiras. Deixamos de cumprimentar a que abriu a bola com o canivete; mesmo anos depois, já grandes, não lhe dávamos bom-dia. Não sei se foi feliz na vida, e espero que não; se foi, é porque praga de menino não tem força.

UM BRAÇO DE MULHER

Subi ao avião com indiferença, e como o dia não estava bonito, lancei apenas um olhar distraído a esta cidade do Rio de Janeiro e mergulhei na leitura de um jornal. Depois fiquei a olhar pela janela e não via mais que nuvens, e feias. Na verdade, não estava no céu; pensava coisas da terra, minhas pobres, pequenas coisas. Uma aborrecida sonolência foi me dominando, até que uma senhora nervosa ao meu lado disse que "nós não podemos descer!". O avião já havia chegado a São Paulo, mas estava fazendo sua ronda dentro de um nevoeiro fechado, à espera de ordem para pousar. Procurei acalmar a senhora.

Ela estava tão aflita que embora fizesse frio se abanava com uma revista. Tentei convencê-la de que não devia se abanar, mas acabei achando que era melhor que o fizesse. Ela precisava fazer alguma coisa, e a única providência que aparentemente podia tomar naquele momento de medo era se abanar. Ofereci-lhe meu jornal dobrado, no lugar da revista, e ficou muito grata, como se acreditasse que, produzindo mais vento, adquirisse maior eficiência na sua luta contra a morte.

Gastei cerca de meia hora com a aflição daquela senhora. Notando que uma sua amiga estava em outra poltrona, ofereci-me para trocar de lugar, e ela aceitou. Mas esperei inutilmente que recolhesse as pernas para que eu pudesse sair de meu lugar junto à janela; acabou confessando que assim mesmo estava bem, e preferia ter um homem – "o senhor" – ao lado. Isto lisonjeou meu orgulho de cavalheiro: senti-me útil e responsável. Era por estar ali eu, um homem, que aquele avião não ousava cair. Havia certamente piloto e copiloto e vários homens no avião. Mas eu era o homem ao lado, o homem visível, próximo, que ela podia tocar. E era nisso que ela confiava: nesse ser de casimira grossa, de gravata, de bigode, a cujo braço acabou se agarrando. Não era o meu braço que apertava, mas um braço de homem, ser de misteriosos atributos de força e proteção.

Chamei a aeromoça, que tentou acalmar a senhora com biscoitos, chicles, cafezinho, palavras de conforto, mão no ombro, algodão nos ouvidos, e uma voz suave e firme que às vezes continha uma leve repreensão e às vezes se entremeava de um sorriso que sem dúvida faz parte do regulamento da aeronáutica civil, o chamado sorriso para ocasiões de teto baixo.

Mas de que vale uma aeromoça? Ela não é muito convincente; é uma funcionária. A senhora evidentemente a considerava uma espécie de cúmplice do avião e da empresa e no fundo (pelo ressentimento com que reagia às suas palavras) responsável por aquele nevoeiro perigoso.

A moça em uniforme estava sem dúvida lhe escondendo a verdade e dizendo palavras hipócritas para que ela se deixasse matar sem reagir.

A única pessoa de confiança era evidentemente eu: e aquela senhora, que no aeroporto tinha certo ar desdenhoso e solene, disse duas malcriações para a aeromoça e se agarrou definitivamente a mim. Animei-me então a pôr a minha mão direita sobre a sua mão, que me apertava o braço. Esse gesto de carinho protetor teve um efeito completo: ela deu um profundo suspiro de alívio, cerrou os olhos, pendeu a cabeça ligeiramente para o meu lado e ficou imóvel, quieta. Era claro que a minha mão a protegia contra tudo e contra todos, estava como adormecida.

 O avião continuava a rodar monotonamente dentro de uma nuvem escura; quando ele dava um salto mais brusco, eu fornecia à pobre senhora uma garantia suplementar apertando ligeiramente a minha mão sobre a sua: isto sem dúvida lhe fazia bem.

 Voltei a olhar tristemente pela vidraça; via a asa direita, um pouco levantada, no meio do nevoeiro. Como a senhora não me desse mais trabalho, e o tempo fosse passando, recomecei a pensar em mim mesmo, triste e fraco assunto.

 E de repente me veio a ideia de que na verdade não podíamos ficar eternamente com aquele motor roncando no meio do nevoeiro – e de que eu podia morrer.

 Estávamos há muito tempo sobre São Paulo. Talvez chovesse lá embaixo; de qualquer modo a grande cidade, invisível e tão próxima, vivia sua vida indiferente àquele ridículo grupo de homens e mulheres presos dentro de um avião, ali no alto.

Pensei em São Paulo e no rapaz de vinte anos que chegou com trinta mil-réis no bolso uma noite e saiu andando pelo antigo Viaduto do Chá, sem conhecer uma só pessoa na cidade estranha. Nem aquele velho viaduto existe mais, e o aventuroso rapaz de vinte anos, calado e lírico, é um triste senhor que olha o nevoeiro e pensa na morte.

Outras lembranças me vieram, e me ocorreu que na hora da morte, segundo dizem, a gente se lembra de uma porção de coisas antigas, doces ou tristes. Mas a visão monótona daquela asa no meio da nuvem me dava um torpor, e não pensei mais nada. Era como se o mundo atrás daquele nevoeiro não existisse mais, e por isto pouco me importava morrer. Talvez fosse até bom sentir um choque brutal e tudo se acabar. A morte devia ser aquilo mesmo, um nevoeiro imenso, sem cor, sem forma, para sempre.

Senti prazer em pensar que agora não haveria mais nada, que não seria mais preciso sentir, nem reagir, nem providenciar, nem me torturar; que todas as coisas e criaturas que tinham poder sobre mim e mandavam na minha alegria ou na minha aflição haviam-se apagado e dissolvido naquele mundo de nevoeiro.

A senhora sobressaltou-se de repente e muito aflita começou a me fazer perguntas. O avião estava descendo mais e mais e entretanto não se conseguia enxergar coisa alguma. O motor parecia estar com um som diferente: podia ser aquele o último desesperado tredo ronco do minuto antes de morrer arrebentado e retorcido. A senhora estendeu o braço direito, segurando o encosto da poltrona da frente, e então me dei conta de que aquela mulher de cara um pouco magra e dura tinha um belo braço, harmonioso e musculado.

Fiquei a olhá-lo devagar, desde o ombro forte e suave até as mãos de dedos longos. E me veio uma saudade extraordinária da terra, da beleza humana, da empolgante e longa tonteira do amor. Eu não queria mais morrer, e a ideia da morte me pareceu tão errada, tão feia, tão absurda, que me sobressaltei. A morte era uma coisa cinzenta, escura, sem a graça, sem a delicadeza e o calor, a força macia de um braço ou de uma coxa, a suave irradiação da pele de um corpo de mulher moça.

Mãos, cabelos, corpo, músculos, seios, extraordinário milagre de coisas suaves e sensíveis, tépidas, feitas para serem infinitamente amadas. Toda a fascinação da vida me golpeou, uma tão profunda delícia e gosto de viver, uma tão ardente e comovida saudade, que retesei os músculos do corpo, estiquei as pernas, senti um leve ardor nos olhos. Não devia morrer! Aquele meu torpor de segundos atrás pareceu-me de súbito uma coisa doentia, viciosa, e ergui a cabeça, olhei em volta, para os outros passageiros, como se me dispusesse afinal a tomar alguma providência.

Meu gesto pareceu inquietar a senhora. Mas olhando novamente para a vidraça adivinhei casas, um quadrado verde, um pedaço de terra avermelhada, através de um véu de neblina mais rala. Foi uma visão rápida, logo perdida no nevoeiro denso, mas me deu uma certeza profunda de que estávamos salvos porque a terra existia, não era um sonho distante, o mundo não era apenas nevoeiro e havia realmente tudo o que há, casas, árvores, pessoas, chão, o bom chão sólido, imóvel, onde se pode deitar, onde se pode dormir seguro e em todo o sossego, onde um homem pode premer o corpo de uma mulher para amá-la com força, com toda sua fúria de prazer e todos os seus sentidos, com apoio no mundo.

No aeroporto, quando esperava a bagagem, vi de perto a minha vizinha de poltrona. Estava com um senhor de óculos, que, com um talão de despacho na mão, pedia que lhe entregassem a maleta. Ela disse alguma coisa a esse homem, e ele se aproximou de mim com um olhar inquiridor que tentava ser cordial. Estivera muito tempo esperando; a princípio disseram que o avião ia descer logo, era questão de ficar livre a pista; depois alguém anunciara que todos os aviões tinham recebido ordem de pousar em Campinas ou em outro campo; e imaginava quanto incômodo me dera sua senhora, sempre muito nervosa. "Ora, não senhor." Ele se despediu sem me estender a mão, como se, com aqueles agradecimentos, que fora constrangido pelas circunstâncias a fazer, acabasse de cumprir uma formalidade desagradável com relação a um estranho – que devia permanecer um estranho.

Um estranho – e de certo ponto de vista um intruso, foi assim que me senti perante aquele homem de cara desagradável. Tive a impressão de que de certo modo o traíra, e de que ele o sentia.

Quando se retiravam, a senhora me deu um pequeno sorriso. Tenho uma tendência romântica a imaginar coisas, e imaginei que ela teve o cuidado de me sorrir quando o homem não podia notá-lo, um sorriso sem o visto marital, vagamente cúmplice. Certamente nunca mais a verei, nem o espero. Mas o seu belo braço foi um instante para mim a própria imagem da vida, e não o esquecerei depressa.

CONTO DE NATAL

Sem dizer uma palavra o homem deixou a estrada, andou alguns metros no pasto e se deteve um instante diante da cerca de arame farpado. A mulher seguiu-o sem compreender, puxando pela mão o menino de seis anos.

– Que é?

O homem apontou uma árvore do outro lado da cerca. Curvou-se, afastou dois fios de arame e passou. O menino preferiu passar deitado, mas uma ponta de arame o segurou pela camisa. O pai agachou-se zangado:

– Porcaria...

Tirou o espinho de arame da camisinha de algodão e o moleque escorregou para o outro lado. Agora era preciso passar a mulher. O homem olhou-a um momento do outro lado da cerca e procurou depois com os olhos um lugar em que houvesse um arame arrebentado ou dois fios mais afastados.

– Pera aí.

Andou para um lado e outro e afinal chamou a mulher. Ela foi devagar, o suor correndo pela cara mulata, os passos lerdos sob a enorme barriga de oito ou nove meses.

– Vamos ver aqui.

Com esforço ele afrouxou o arame do meio e puxou-o para cima. Com o dedo grande do pé fez descer bastante o de baixo.

Ela curvou-se e fez um esforço para erguer a perna direita e passá-la para o outro lado da cerca. Mas caiu sentada num torrão de cupim.

– Mulher!

Passando os braços para o outro lado da cerca o homem ajudou-a a levantar-se. Depois passou a mão pela testa e pelo cabelo empapado de suor.

– Pera aí.

Arranjou afinal um lugar melhor, e a mulher passou de quatro, com dificuldade. Caminharam até a árvore, a única que havia no pasto, e sentaram-se no chão, à sombra, calados.

O sol ardia sobre o pasto maltratado e secava os lameirões da estrada torta. O calor abafava, e não havia nem um sopro de brisa para mexer uma folha.

De tardinha seguiram caminho, e ele calculou que deviam faltar umas duas léguas e meia para a fazenda da Boa Vista quando ela disse que não aguentava mais andar. Ele pensou em voltar até o sítio de seu Anacleto.

– Não.

Ficaram parados os três, sem saber o que fazer, quando começaram a cair uns pingos grossos de chuva. O menino choramingava.

– Eh, mulher.

Ela não podia andar e passava a mão pela barriga. Ouviram o guincho de um carro de bois.

– Ô, graças a Deus.

Às sete horas da noite, chegaram com os trapos encharcados de chuva a uma fazendazinha. O temporal pegara-os na estrada e entre os trovões e os relâmpagos a mulher dava gritos de dor.

– Vai ser hoje, Faustino, Deus me acuda, vai ser hoje.

O carreiro morava numa casinha de sapê, do outro lado da várzea. A casa do fazendeiro estava fechada, pois o capitão tinha ido para a cidade há dois dias.

– Eu acho que o jeito...

O carreiro apontou um lugar coberto ali. A pequena família se arranjou lá de qualquer jeito, junto de uma vaca e um burro.

No dia seguinte de manhã o carreiro voltou. Disse que tinha ido pedir uma ajuda de noite na casa de siá Tomásia, mas siá Tomásia tinha ido à festa na Fazenda de Santo Antônio. E ele não tinha nem querosene para uma lamparina, mesmo se tivesse não sabia ajudar nada. Trazia quatro broas velhas e uma lata com café.

Faustino agradeceu a boa vontade. O menino tinha nascido. O carreiro deu uma espiada, mas não se via nem a cara do bichinho que estava embrulhado nuns trapos sobre um monte de capim cortado, ao lado da mãe adormecida.

– Eu de lá ouvi os gritos. Ô Natal desgraçado!

– Natal?

Com a pergunta de Faustino a mulher acordou.

– Olhe, mulher, hoje é dia de Natal. Eu nem me lembrava.

Ela fez um sinal com a cabeça: sabia. Faustino de repente riu. Há muitos dias não ria, desde que tivera a questão com o coronel Desidério, que acabara mandando embora ele e mais dois colonos. Riu muito, mostrando os dentes pretos de fumo:

– Eh, mulher, então vamos botar o nome de Jesus Cristo.

A mulher não achou graça. Fez uma careta e penosamente voltou a cabeça para um lado, cerrando os olhos. O menino de seis anos tentava comer a broa dura e estava mexendo no embrulhinho de trapos:

– Pai, vem vê.

– Uai! Pera aí...

O menino Jesus Cristo estava morto.

LEMBRANÇA DE ZIG

O nome do cachorro era Zig; se em toda a cidade era conhecido por Zig Braga, isto apenas mostra como se identificou com o espírito da casa em que nasceu, viveu, mordeu, latiu, abanou o rabo e morreu.

Teve, no seu canto de varanda, alguns predecessores ilustres, dos quais só recordo Sizino, cujos latidos atravessam minha infância, e o ignóbil Valente, que encheu de desgosto meu tio Maneco. Não sei onde Valente ganhou esse belo nome; e confesso que só o vi valente no comer angu. E só aceitava angu pelas mãos de minha mãe.

Um dia, tio Maneco veio do sítio e, conversando com meu pai na varanda, não tirava o olho do cachorro. Falou-se da safra, das dificuldades da lavoura...

– Ó Chico, esse cachorro é veadeiro.

Meu pai achava que não; mas, para encurtar conversa, quando tio Maneco montou sua besta, levou o Valente atrás de si com a coleira presa a uma cordinha. O sítio não tinha três léguas lá de casa. Dias depois meu tio levou a cachorrada para o mato, e Valente no meio. Não sei se matou alguma coisa; sei apenas que Valente sumiu. Foi a história que tio Maneco contou indignado a primeira vez que voltou no Cachoeiro; o cachorro não aparecera em parte alguma, devia ter morrido...

— Sem-vergonhão!

Acabara de ver o Valente que, deitado na varanda, ouvia a conversa e o mirava com um olho só.

Houve, certamente, lá em casa, outros cães. Mas vamos logo ao Zig, o maior deles, não apenas pelo seu tamanho como pelo seu espírito.

Ao meu pai chamavam de coronel, e não o era; a mim muitos me chamam de capitão, e não sou nada. Mas isto mostra que não somos de todo infensos ao militarismo, de maneira que não há como explicar o profundo ódio que o nosso bom cachorro Zig votava aos soldados em geral. A tese aceita em família é que devia ter havido, na primeira infância de Zig, algum soldado que lhe deu um pontapé.

O fato é que Zig era capaz de abanar o rabo perante qualquer paisano que lhe parecesse simpático (poucos, é verdade, lhe pareciam), mas a farda lhe despertava os piores instintos. O carteiro de nossa rua acabou entregando as cartas na casa de tia Meca. Volta e meia tínhamos uma "questão militar" a resolver, por culpa de Zig.

Tão arrebatado na vida pública, Zig era, entretanto, um anjo do lar. Ainda pequeno tomou-se de amizade por uma gata, e era coisa de elevar o coração humano ver como aqueles dois bichos dormiam juntos, encostados um ao outro. Um dia, entretanto, a gata compareceu com cinco mimosos gatinhos, o que surpreendeu profundamente Zig.

Ficou muito aborrecido, mas não desprezou a velha amiga e continuou a dormir a seu lado. Os gatinhos então começaram a subir pelo corpo de Zig, a miar interminavelmente. Um dia pela manhã, não aguentando mais, Zig segurou com a boca um dos gatinhos e sumiu com ele. Voltou pouco depois, e diante da mãe espavorida abocanhou pelo dorso outro bichinho e sumiu novamente. Apesar de todos os protestos da gata, fez isso com todas as crias. Voltou ainda, latiu um pouco e depois saiu na direção da cozinha. A gata seguiu-o, a miar desesperada. Zig subiu o morro, ela foi atrás. Em um buraco, lá no alto, junto ao cajueiro, estavam os cinco bichos, vivos e intactos. A mãe deixou-se ficar com eles e Zig voltou para dormitar no seu canto.

Estava no maior sossego quando a gata apareceu novamente, com todas as crias a miar atrás. Deitou-se ao lado de Zig, e novamente os bichinhos começaram a passear pelo seu corpo.

Zig ficou aborrecido, e suspirava de cortar o coração, enquanto os gatinhos lhe miavam pelas orelhas. Subitamente abocanhou um dos bichos e sumiu com ele, desta vez em disparada. Em menos de cinco minutos havia feito outra vez a mudança, correndo como um desesperado morro abaixo e morro acima. Mas o diabo da gata voltou ainda cinicamente com toda a sua detestável filharada. Previmos que desta vez Zig ia perder a paciência. O que fez simplesmente foi se conformar, embora desde então esfriasse de modo sensível sua amizade pela gata.

Não pensem, porém, que Zig fosse um daqueles cães exemplares que frequentam as páginas de *Seleções*, somente capazes de ações nobres e sentimentos elevados, cães aos quais só falta falar para citarem Abraham Lincoln, e talvez Emerson.

De vez em quando aparecia lá em casa algum sujeito furioso a se queixar de Zig.

Assisti a duas dessas cenas: o mordido lá embaixo, no caramanchão, a vociferar, e minha mãe cá em cima, na varanda, a abrandá-lo. Minha mãe mandava subir o homem e providenciava o curativo necessário. Mas se a vítima passava além da narrativa concreta dos fatos e começava a insultar Zig, ela ficava triste: "Coitadinho, ele é tão bonzinho... é um cachorro muito bonzinho.". O homem não concordava e ia-se embora ainda praguejando. O comentário de mamãe era invariável: "Ora, também... Alguma coisa ele deve ter feito ao cachorrinho. Ele não morde ninguém...".

"Cachorrinho" deve ser considerado um excesso de ternura, pois Zig era, sem o mínimo intuito de ofensa, mas apenas por amor à verdade, um cachorrão. E a verdade é que mordeu um número maior de pessoas do que o necessário para manter a ordem em nosso município. Evitávamos, por isto, que ele saísse muito à rua, e o bom cachorro (sim, no fundo era uma boa alma) gostava mesmo de ficar em casa; mas se alguém saía ele tratava de ir atrás.

Contam que uma de minhas irmãs perdeu o namorado por causa da constante e apavorante companhia de Zig.

Quanto à minha mãe, ela sempre teve o cuidado de mandar prender o cachorro domingo pela manhã, quando ia à missa. Às vezes, entretanto, acontecia que o bicho escapava; então descia a escada velozmente atrás das pegadas de minha mãe. Sempre de focinho no chão, lá ia ele para cima; depois quebrava à direita e atravessava a Ponte Municipal. Do lado norte trotava outra vez para baixo e em menos de quinze minutos estava entrando na igreja apinhada de gente. Atravessava aquele povo todo até chegar diante do altar-mor, onde oito ou dez velhinhas recebiam, ajoelhadas, a Santa Comunhão.

Zig se atrapalhava um pouco – e ia cheirando, uma por uma, aquelas velhinhas todas, até acertar com a sua dona. Mais de uma vez o padre recuou indignado, mais de uma vez uma daquelas boas velhinhas trincou a hóstia, gritou ou saiu a correr assustada, como se o nosso bom cão que a fuçava, com seu focinho úmido, fosse o próprio Cão de fauces a arder.

Mas que alegria de Zig quando encontrava afinal a sua dona! Latia e abanava o rabo de puro contentamento, e não a deixava mais. Era um quadro comovente, embora irritasse, para dizer a verdade, a muitos fiéis. Que tinham lá suas razões, mas nem por isso ninguém me convence de que não fossem criaturas no fundo egoístas, mais interessadas em salvar suas próprias e mesquinhas almas do que em qualquer outra coisa.

Hoje minha mãe já não faz a longa e penosa caminhada, sob o sol de Cachoeiro, para ir ao lado de lá do rio assistir à missa. Atravessou a ponte todo domingo durante muitas e muitas dezenas de anos, e está velha e cansada. Não me admiraria saber que Deus, não recebendo mais sua visita, mande às vezes, por consideração, um santo qualquer, talvez Francisco de Assis, fazer-lhe uma visitinha do lado de cá, em sua velha casa verde; nem que o Santo, antes de voltar, dê uma chegada ao quintal para se demorar um pouco sob o velho pé de fruta-pão, onde enterramos Zig.

OS AMANTES

Nos dois primeiros dias, sempre que o telefone tocava, um de nós dois esboçava um movimento, um gesto de quem vai atender.

Mas o gesto era cortado no ar. Ficávamos imóveis, ouvindo a campainha bater, silenciar, bater outra vez. Havia um certo susto, como se aquele trinado repetido fosse uma acusação, um gesto agudo nos apontando. Era preciso que ficássemos imóveis, talvez respirando com mais cuidado, até que o aparelho silenciasse.

Então tínhamos um suspiro de alívio. Havíamos vencido mais uma vez os nossos inimigos. Nossos inimigos eram toda a população da cidade imensa, que transitava lá fora nos veículos dos quais nos chegava apenas um ruído distante de motores, a sinfonia abafada das buzinas, às vezes o ruído do elevador. Sabíamos quando alguém parava o elevador em nosso andar; tínhamos o ouvido apurado, pressentíamos os passos na escada antes que eles se aproximassem. A sala da frente estava sempre de luz apagada. Sentíamos, lá fora, o emissário do inimigo. Esperávamos, quietos. Um segundo, dois – e a campainha da porta batia, alto, rascante. Ali, a dois metros, atrás da porta escura, estava respirando e esperando um inimigo. Se abríssemos, ele – fosse quem fosse – nos lançaria um olhar, diria alguma coisa – e então o nosso mundo estaria invadido.

No segundo dia ainda hesitamos; mas resolvemos deixar que o pão e o leite ficassem lá fora; o jornal era remetido por baixo da porta, mas nenhum de nós o recolhia. Nossas provisões eram pequenas; no terceiro dia já tomávamos café sem açúcar, no quarto a despensa estava praticamente vazia. No apartamento mal iluminado íamos emagrecendo de felicidade. Devíamos estar ficando pálidos, e às vezes, unidos, olhos nos olhos, nos perguntávamos se tudo não era um sonho. O relógio parara, havia apenas aquela tênue claridade que vinha das janelas sempre fechadas. Mais tarde essa luz do dia distante, do dia dos outros, ia se perdendo, e então era apenas uma pequena lâmpada no chão que projetava nossas sombras nas paredes do quarto e vagamente escoava pelo corredor, lançava ainda uma penumbra confusa na sala, onde não íamos jamais.

Pouco falávamos: se o inimigo estivesse escutando às nossas portas, mal ouviria vagos murmúrios; e a nossa felicidade imensa era ponteada de alegrias menores e inocentes, a água forte e grossa do chuveiro, a fartura festiva de toalhas limpas, de lençóis de linho.

O mundo ia pouco a pouco desistindo de nós; o telefone batia menos e a campainha da porta quase nunca. Ah, nós tínhamos vindo de muito e muito amargor, muita hesitação, longa tortura e remorso; agora a vida era nós dois, apenas.

Sabíamos estar condenados; os inimigos, os outros, o resto da população do mundo nos esperava para lançar olhares, dizer coisas, ferir com maldade ou tristeza o nosso mundo, nosso pequeno mundo que ainda podíamos defender um dia ou dois, nosso mundo trêmulo de felicidade, sonâmbulo, irreal, fechado, e tão louco e tão bobo e tão bom como nunca mais haverá.

* * *

No sexto dia sentimos que tudo conspirava contra nós. Que importa a uma grande cidade que haja um apartamento fechado em alguns de seus milhares de edifícios – que importa que lá dentro não haja ninguém, ou que um homem e uma mulher ali estejam, pálidos, se movendo na penumbra como dentro de um sonho?

Entretanto, a cidade, que durante uns dois ou três dias parecia nos haver esquecido, voltava subitamente a atacar. O telefone tocava, batia dez, quinze vezes, calava-se alguns minutos, voltava a chamar: e assim três, quatro vezes sucessivas.

Alguém vinha e apertava a campainha; esperava; apertava outra vez; experimentava a maçaneta da porta; batia com os nós dos dedos, cada vez mais forte, como se tivesse certeza de que havia alguém lá dentro. Ficávamos quietos, abraçados, até que o desconhecido se afastasse, voltasse para a rua, para a sua vida, nos deixasse em nossa felicidade que fluía num encantamento constante.

Eu sentia dentro de mim, doce, essa espécie de saturação boa, como um veneno que tonteia, como se meus cabelos já tivessem o cheiro de seus cabelos, como se o cheiro de sua pele tivesse entrado na minha. Nossos corpos tinham chegado a um entendimento que era além do amor, eles tendiam a se parecer no mesmo repetido jogo lânguido, e uma vez que, sentado de frente para a janela, por onde se filtrava um eco pálido de luz, eu a contemplava tão pura e nua, ela disse: "Meu Deus, seus olhos estão esverdeando!".

Nossas palavras baixas eram murmuradas pela mesma voz, nossos gestos eram parecidos e integrados, como se o amor fosse um longo ensaio para que um movimento chamasse outro; inconscientemente compúnhamos esse jogo de um ritmo imperceptível como um lento bailado.

Mas naquela manhã ela se sentiu tonta, e senti também minha fraqueza; resolvi sair, era preciso dar uma escapada para obter víveres; vesti-me lentamente, calcei os sapatos como quem faz algo de estranho; que horas seriam?

Quando cheguei à rua e olhei, com um vago temor, um sol extraordinariamente claro me bateu nos olhos, na cara, desceu pela minha roupa, senti vagamente que aquecia meus sapatos. Fiquei um instante parado, encostado à parede, olhando aquele movimento sem sentido, aquelas pessoas e veículos irreais que se cruzavam; tive uma tonteira, e uma sensação dolorosa no estômago.

Havia um grande caminhão vendendo uvas, pequenas uvas escuras; comprei cinco quilos, o homem fez um grande embrulho; voltei, carregando aquele embrulho de encontro ao peito, como se fosse a minha salvação.

E levei dois, três minutos, na sala de janelas absurdamente abertas, diante de um desconhecido, para compreender que o milagre se acabara; alguém viera e batera à porta e ela abrira pensando que fosse eu, e então já havia também o carteiro querendo recibo de uma carta registrada e, quando o telefone bateu, foi preciso atender, e nosso mundo foi invadido, atravessado, desfeito, perdido para sempre – senti que ela me disse isto num instante, num olhar entretanto lento (achei seus olhos muito claros, há muito tempo não os via assim, em plena luz) um olhar de apelo e de tristeza, onde, entretanto, ainda havia uma inútil, resignada esperança.

O SINO DE OURO

Contaram-me que, no fundo do sertão de Goiás, numa localidade de cujo nome não estou certo, mas acho que é Porangatu, que fica perto do rio de Ouro e da serra de Santa Luzia, ao sul da serra Azul – mas também pode ser Uruaçu, junto do rio das Almas e da serra do Passa Três (minha memória é traiçoeira e fraca; eu esqueço os nomes das vilas e a fisionomia dos irmãos; esqueço os mandamentos e as cartas e até a amada que amei com paixão) – mas me contaram em Goiás, nessa povoação de poucas almas, as casas são pobres e os homens pobres, e muitos são parados e doentes e indolentes, e mesmo a igreja é pequena, me contaram que ali tem – coisa bela e espantosa – um grande sino de ouro.

Lembrança de antigo esplendor, gesto de gratidão, dádiva ao Senhor de um grã-senhor – nem Chartres, nem Colônia, nem S. Pedro ou Ruão, nenhuma catedral imensa com seus enormes carrilhões tem nada capaz de um som tão lindo e puro como esse sino de ouro, de ouro catado e fundido na própria terra goiana nos tempos de antigamente.

É apenas um sino, mas é de ouro. De tarde seu som vai voando em ondas mansas sobre as matas e os cerrados, e as veredas de buritis, e a melancolia do chapadão, e chega ao distante e deserto carrascal, e avança em ondas mansas sobre os campos imensos, o som do sino de ouro. E a cada um daqueles homens pobres ele dá cada dia sua ração de alegria. Eles sabem que de todos os ruídos e sons que fogem do mundo em procura de Deus – gemidos, gritos, blasfêmias, batuques, sinos, orações, e o murmúrio temeroso e agônico das grandes cidades que esperam a explosão atômica e no seu próprio ventre negro parecem conter o germe de todas as explosões – eles sabem que Deus, com especial delícia e alegria, ouve o som alegre do sino de ouro perdido no fundo do sertão. E então é como se cada homem, o mais pobre, o mais doente e humilde, o mais mesquinho e triste, tivesse dentro da alma um pequeno sino de ouro.

Quando vem o forasteiro de olhar aceso de ambição e propõe negócios, fala em estradas, bancos, dinheiro, obras, progresso, corrupção – dizem que esses goianos olham o forasteiro com um olhar lento e indefinível sorriso e guardam um modesto silêncio. O forasteiro de voz alta e fácil não compreende; fica, diante daquele silêncio, sem saber que o goiano está quieto, ouvindo bater dentro de si, com um som de extrema pureza e alegria, seu particular sino de ouro. E o forasteiro parte, e a povoação continua pequena, humilde e mansa, mas louvando a Deus com sino de ouro. Ouro que não serve para perverter, nem o homem nem a mulher, mas para louvar a Deus.

E se Deus não existe não faz mal. O ouro do sino de ouro é neste mundo o único ouro de alma pura, o ouro no ar, o ouro da alegria. Não sei se isso acontece em Porangatu, Uruaçu ou outra cidade do sertão. Mas quem me contou foi um homem velho que esteve lá; contou dizendo: "eles têm um sino de ouro e acham que vivem disso, não se importam com mais nada, nem querem mais trabalhar; fazem apenas o essencial para comer e continuar a viver, pois acham maravilhoso ter um sino de ouro".

O homem velho me contou isso com espanto e desprezo. Mas eu contei a uma criança e nos seus olhos se lia seu pensamento: que a coisa mais bonita do mundo deve ser ouvir um sino de ouro. Com certeza é esta mesma a opinião de Deus, pois ainda que Deus não exista ele só pode ter a mesma opinião de uma criança. Pois cada um de nós quando criança tem dentro da alma seu sino de ouro que depois, por nossa culpa e miséria e pecado e corrução, vai virando ferro e chumbo, vai virando pedra e terra, e lama e podridão.

A PRIMEIRA MULHER DO NUNES

Hoje, por volta do meio-dia, fui tomar um táxi na Praça Serzedelo Correia, em Copacabana. Quando me aproximava do ponto, notei uma senhora que estava sentada num banco, voltada para o jardim. Nas extremidades do banco estavam sentados dois choferes, mas voltados em posição contrária, de frente para o restaurante da esquina. Enquanto caminhava em direção a um carro, reparei, de relance, na senhora. Era bonita e tinha ar de estrangeira; vestia-se com muita simplicidade, mas seu vestido era de um linho bom e as sandálias cor de carne me pareceram finas. De longe podia parecer amiga de um dos motoristas; de perto, apesar da simplicidade de seu vestido, sentia-se que nada tinha a ver com nenhum dos dois. Só o fato de se ter sentado naquele banco já parecia indicar uma estrangeira, e, não sei por que, me veio a ideia de que era uma senhora que nunca viveu no Rio, talvez estivesse em seu primeiro dia de Rio de Janeiro, entretida em ver as árvores, o movimento da praça, as crianças que brincavam, as babás que empurravam carrinhos. Pode parecer exagero que eu tenha sentido isso tudo de relance, mas a sua pele e o seu cabelo bem tratados me deram a impressão de ser uma criatura estranha que fruía um certo prazer em estar ali, naquele ambiente popular, olhando as pessoas com um ar simpático e vagamente divertido; foi o que pensei no rápido instante em que nossos olhares se encontraram.

Como o primeiro chofer da fila alegasse que preferia um passageiro para o centro, pois estava na hora do almoço, e os dois carros seguintes não tivessem nenhum chofer aparente, caminhei um pouco para tomar o que estava em quarto lugar. Tive a impressão de que a senhora se voltara para me olhar. Quando tomei o carro fiquei novamente de frente para ela, e enquanto eu murmurava para o chofer o meu rumo – Ipanema – notei que ela desviava o olhar. O carro andara apenas alguns metros e, tomado de um pressentimento, eu disse ao chofer que parasse um instante. Olhei para a senhora, mas ela havia voltado completamente a cabeça. Mandei tocar, e, enquanto o velho táxi rolava lentamente ao longo da praia, fui possuído pela certeza de que acabara de ver a primeira mulher do Nunes.

* * *

– Você precisa conhecer a primeira mulher do Nunes – me disse uma vez um amigo.
– Você precisa conhecer a primeira mulher do Nunes – me disse outra vez outro amigo.
Isto aconteceu há alguns anos, em São Paulo, durante os poucos meses em que trabalhei com o Nunes. Eu conhecera sua segunda mulher, uma morena boni-

tinha, suave, quieta – pois ele me convidara duas vezes a jantar em sua casa. Nunca me falara de sua primeira mulher, nem sequer de seu primeiro casamento. O Nunes era pessoa de certo destaque em sua profissão e afinal de contas, um homem agradável, embora não brilhante. Notei, entretanto, que sempre que alguém me falava dele era inevitável uma referência à sua primeira mulher.

Um casal meu amigo, que costumava passar os fins de semana numa fazenda, convidou-me certa vez a ir com eles e mais um pequeno grupo. Aceitei, mas no sábado fui obrigado a telefonar dizendo que não podia ir. Segunda-feira, o amigo que me convidara me disse:

– Foi pena você não ter ido. Pegamos um tempo ótimo e o grupo estava divertido. Quem perguntou muito por você foi a Marissa.

– Quem?

– A primeira mulher do Nunes.

– Mas eu não conheço...

– Sei, mas eu havia dito a ela que você ia. Ela estava muito interessada em conhecer você.

A essa altura eu já sabia várias coisas a respeito da primeira mulher do Nunes: que era linda, inteligente, muito interessante, um pouco estranha. Judia italiana, rica, tinha os cabelos castanhos-claros, os olhos verdes e uma pele maravilhosa – "parece que está sempre fresquinha, saindo do banho".

Quando dei conta de mim estava, de maneira mais ingênua, mais tola, mais veemente, apaixonado pela primeira mulher do Nunes. Devo dizer que nessa ocasião eu emergia de um caso sentimental arrasador – caso que mais de uma vez chegou ao drama e beirou a tragédia, e em que eu mesmo, provavelmente, mais de uma vez, passei os limites do ridículo. Eu vivia sentimentalmente uma hora parda, vazia, feita de tédio e remorso; a lembrança da história que passara me doía um pouco e me amargava muito. Além disso minha situação não era boa; alguns amigos achavam – e um teve a franqueza de me dizer isto, quando bêbado – que eu estava decadente em minha profissão. Outros diziam que eu estava bebendo demais. Enfim, tempos ruins, de moral baixo, e ainda por cima de pouco dinheiro e pequenas dívidas mortificantes. Naturalmente eu me distraía com uma ou outra historieta de amor, mas de cada uma saía ainda mais entediado. A imagem da primeira mulher do Nunes começou, assim, a me aparecer como uma vaga esperança, a única estrela a brilhar na minha frente. Esse sentimento era mais ou menos inconsciente, mas tomei consciência aguda dele quando soube que ela ganhara uma bolsa para passar seis meses nos Estados Unidos. Senti-me roubado, traído pelo governo americano. Mas a notícia veio com um convite – para o jantar de despedida da primeira mulher do Nunes.

* * *

Isso aconteceu há quatro ou cinco anos. Mudei-me de São Paulo, fiz algumas viagens, resolvi parar mesmo no Rio – e naturalmente me aconteceram coisas. Nunca mais vi o Nunes. Aliás, nos últimos tempos de nossas relações, eu me distanciara dele por um absurdo constrangimento, o pudor pueril do que pudesse pensar no dia em que soubesse que entre mim e sua primeira mulher... Na realidade nunca houve nada entre nós dois; nunca sequer nos avistamos. Uma banal gripe me impediu de ir ao jantar de despedida; depois eu soube que sua bolsa fora prorrogada, depois ouvi alguém dizer que a encontrara em Paris – enfim, a primeira mulher do Nunes ficou sendo um mito, uma estrela perdida para sempre em remotos horizontes e que jamais cheguei a avistar.

Talvez fosse mesmo ela que estivesse pousada hoje, pelo meio-dia, na Praça Serzedelo Correia, simples, linda e tranquila. Assim era a imagem que eu fazia dela; e tive a impressão de que seu rápido olhar vagamente cordial tentava me dizer alguma coisa. Talvez contivesse uma irônica mensagem: "Eu sei quem é você; eu sou Marissa, a primeira mulher do Nunes; mas nosso destino é não nos conhecermos jamais...".

O CAJUEIRO

O cajueiro já devia ser velho quando nasci. Ele vive nas mais antigas recordações de minha infância: belo, imenso, no alto do morro, atrás de casa. Agora vem uma carta dizendo que ele caiu.

Eu me lembro do outro cajueiro que era menor, e morreu há muito mais tempo. Eu me lembro dos pés de pinha, do cajá-manga, da grande touceira de espadas-de-são-jorge (que nós chamávamos simplesmente "tala") e da alta saboneteira que era nossa alegria e a cobiça de toda a meninada do bairro porque fornecia centenas de bolas pretas para o jogo de gude. Lembro-me da tamareira, e de tantos arbustos e folhagens coloridas, lembro-me da parreira que cobria o caramanchão, e dos canteiros de flores humildes, "beijos", violetas. Tudo sumira; mas o grande pé de fruta-pão ao lado de casa e o imenso cajueiro lá no alto eram como árvores sagradas protegendo a família. Cada menino que ia crescendo ia aprendendo o jeito de seu tronco, a cica de seu fruto, o lugar melhor para apoiar o pé e subir pelo cajueiro acima, ver de lá o telhado das casas do outro lado e os morros além, sentir o leve balanceio na brisa da tarde.

No último verão ainda o vi; estava como sempre carregado de frutos amarelos, trêmulo de sanhaços. Chovera; mas assim mesmo fiz questão de que Carybé subisse o morro para vê-lo de perto, como quem apresenta a um amigo de outras terras um parente muito querido.

A carta de minha irmã mais moça diz que ele caiu numa tarde de ventania, num fragor tremendo pela ribanceira; e caiu meio de lado, como se não quisesse quebrar o telhado de nossa velha casa. Diz que passou o dia abatida, pensando em nossa mãe, em nosso pai, em nossos irmãos que já morreram. Diz que seus filhos pequenos se assustaram; mas depois foram brincar nos galhos tombados.

Foi agora, em setembro. Estava carregado de flores.

ENCONTRO

Com atenção não seria difícil descobrir pequenas mudanças: os cabelos mais claros, e entretanto com menos luz e vida; a boca pintada com um desenho diferente, e o batom mais escuro. Impossível negar uma tênue, fina ruga – quase estimável. Mas naquele instante, diante da antiga amada que não via há muito tempo, não eram essas pequenas coisas que intrigavam o seu olhar afetuoso e melancólico. Havia certa mudança imponderável, e difícil de localizar – a voz ou o jeito de falar, o tom ao mesmo tempo mais desembaraçado e mais sereno?

E mesmo no talhe do corpo (o pequeno cinto vermelho era, pensou ele, uma inabilidade: aumentava-lhe a cintura), na relação entre o corpo e os membros havia uma sutil mudança.

Sim, ela estava mais elegante, mais precisa em seu desenho, mas perdera alguma indizível graça elástica do tempo em que não precisava fazer regime para emagrecer e era menos consciente de seu próprio corpo, como que o abandonava com certa moleza, distraída das próprias linhas e dos gestos cuja beleza imprevista ele fora descobrindo devagar, com uma longa delícia.

Por um instante, enquanto conversava com outras pessoas presentes assuntos sem importância, ele tentou imaginar que impressão teria agora se a visse pela primeira vez, se aquela imagem não estivesse, dentro de seus olhos e de sua alma, fundida a tantas outras imagens dela mesma perdidas no espaço e no tempo. Não tinha dúvida de que a acharia muito bonita, pois ela continuava bela, talvez mais bem-vestida; não tinha dúvida mesmo de que, como da primeira vez que a vira, receberia sua beleza como um choque, uma bênção e um leve pânico, tanto a sua radiosa formosura dá uma vida e um sentido novo a qualquer ambiente, traz essa vibração especial que só certas mulheres realmente belas produzem. Mas de algum modo esse deslumbramento seria diferente do antigo – como se ela estivesse mais pessoa, com mais graça e finura de mulher, menos graça e abandono de animal jovem.

 O grupo moveu-se para tomar lugar em uma mesa no fundo do bar. Ele andou a seu lado um instante (como tinham andado lado a lado!) mas não quis sentar, recusou o convite gentil, sentia-se quase um estranho naquela roda. Despediu-se. E quando estendeu a mão àquela que tanto amara, e recebeu, como antigamente, seu olhar claro e amigo, quase carinhoso, sentiu uma coisa boa dentro de si, uma certeza de que nem tudo se perde na confusão da vida e que uma vaga mas imperecível ternura é o prêmio dos que muito souberam amar.

O AFOGADO

Não, não dá pé. Ele já se sente cansado, mas compreende que ainda precisa nadar um pouco. Dá cinco ou seis braçadas, e tem a impressão de que não saiu do lugar. Pior: parece que está sendo arrastado para fora. Continua a dar braçadas, mas está exausto.

    A força dos músculos esgotou-se; sua respiração está curta e opressa. É preciso ter calma. Vira-se de barriga para cima e tenta se manter assim, sem exigir nenhum esforço dos braços doloridos. Mas sente que uma onda grande se aproxima. Mal tem tempo para voltar-se e enfrentá-la. Por um segundo pensa que ela vai desabar sobre ele, e consegue dar duas braçadas em sua direção. Foi o necessário para não ser colhido pela arrebentação; é erguido, e depois levado pelo repuxo. Talvez pudesse tomar pé, ao menos por um instante, na depressão da onda que passou. Experimenta: não. Essa tentativa frustrada irrita-o e cansa-o. Tem dificuldade de respirar, e vê que já vem outra onda. Seria melhor talvez mergulhar, deixar que ela passe por cima ou o carregue; mas não consegue controlar a respiração e fatalmente engoliria água; com o choque perderia os sentidos. É outra vez suspenso pela água e novamente se deita de costas, na esperança de descansar um pouco os músculos e regular a respiração; mas vem outra onda imensa. Os braços negam-se a qualquer esforço; agita as pernas para se manter na superfície e ainda uma vez consegue escapar à arrebentação.

    Está cada vez mais longe da praia, e alguma coisa o assusta: é um grito que ele mesmo deu sem querer e parou no meio, como se o principal perigo fosse gritar. Tem medo de engolir água, mas tem medo principalmente daquele seu próprio grito rouco e interrompido. Pensa rapidamente que, se não for socorrido, morrerá; que, apesar da praia estar cheia nessa manhã de sábado, o banhista da Prefeitura já deve ter ido embora; o horário agora é de morrer, e não de ser salvo. Olha a praia e as pedras; vê muitos rapazes e moças, tem a impressão de que alguns o olham com indiferença. Terão ouvido seu grito? A imagem que retém melhor é a de um rapazinho que, sentado na pedra, procura tirar algum espeto do pé.

    A ideia de que precisará ser salvo incomoda-o muito; desagrada-lhe violentamente, e resolve que de maneira alguma pedirá socorro, mesmo porque naquela aflição já acha que ele não chegaria a tempo. Pensa insistentememe isto: calma, é preciso ter calma. Não apenas para salvar-se, ao menos para morrer direito, sem berraria nem escândalo. Passa outra onda, mais fraca; mas assim mesmo ela rebenta com estrondo. Resolve que é melhor ficar ali fora, do que ser colhido por uma onda: com certeza, tendo perdido as forças, quebraria o pescoço jogado pela água no fundo. Sua respiração está intolerável, acha que o ar não chega a penetrar nos pulmões, vai só até a garganta e é expelido com aflição; tem uma dor nos ombros; sente-se completamente fraco.

Olha ainda para as pedras, e vê aquela gente confusamente; a água lhe bate nos olhos. Percebe, entretanto, que a água o está levando para o lado das pedras. Uma onda mais forte pode arremessá-lo contra o rochedo; mas, apesar de tudo, essa ideia lhe agrada. Sim, ele prefere ser lançado contra as pedras, ainda que se arrebente todo. Esforça-se na direção do lugar de onde saltou, mas acha longe demais; de súbito, reflete que à sua esquerda deve haver também uma ponta de pedras. Olha. Sente-se tonto e pensa: vou desmaiar. Subitamente, faz gestos desordenados e isso o assusta ainda mais; então reage e resolve, com uma espécie de frieza feroz, que não fará mais esses movimentos idiotas, haja o que houver; isso é pior do que tudo, essa epilepsia de afogado. Sente-se um animal vencido que vai morrer, mas está frio e disposto a lutar, mesmo sem qualquer força; lutar ao menos com a cabeça; não se deixará enlouquecer pelo medo.

Repara, então, que, realmente, está agora perto de uma pedra, coberta de mariscos negros e grandes. Pensa: é melhor que venha uma onda fraca; se vier uma muito forte, serei jogado ali, ficarei todo cortado, talvez bata com a cabeça na pedra ou não consiga me agarrar nela; e se não conseguir me agarrar da primeira vez, não terei mais nenhuma chance.

Sente, pelo puxão da água atrás de si que uma onda vem, mas não olha para trás. Muda de ideia; se não vier uma onda bem forte, não atingirá a pedra. Junta todos os restos de forças; a onda vem. Vê então que foi jogado sobre a pedra sem se ferir; talvez instintivamente tivesse usado sua experiência de menino, naquela praia onde passava as férias, e se acostumara a nadar até uma ilhota de pedra também coberta de mariscos. Vê que alguém, em uma pedra mais alta, lhe faz sinais nervosos para que saia dali, está em um lugar perigoso. Sim, sabe que está em um lugar perigoso, uma onda pode cobri-lo e arrastá-lo, mas o aviso o irrita; sabe um pouco melhor do que aquele sujeito o que é morrer e o que é salvar-se, e demora ainda um segundo para se erguer, sentindo um prazer extraordinário em estar deitado na pedra, apesar do risco. Quando chega à praia e senta na areia está sem poder respirar, mas sente mais vivo do que antes o medo do perigo que passou.

"Gastei-me todo para salvar-me", pensa, meio tonto; "não valho mais nada." Deita-se com a cabeça na areia e confusamente ouve a conversa de uma barraca perto, gente discutindo uma fita de cinema. Murmura, baixo, um palavrão para eles; sente-se superior a eles, uma idiota superioridade de quem não morreu, mas podia perfeitamente estar morto, e portanto nesse caso não teria a menor importância, seria até ridículo de seu ponto de vista tudo o que se pudesse discutir sobre uma fita de cinema. O mormaço lhe dá no corpo inteiro um infinito prazer.

MADRUGADA

Todos tinham-se ido, e eu dormi. Mesmo no sonho me picava, como um inseto venenoso, a presença daquela mulher. Via os seus joelhos dobrados; sentada sobre as pernas, na poltrona, descalça, ela ria e falava alguma coisa que não podia perceber, mas era a meu respeito. Eu queria me aproximar; ela e a poltrona recuavam, passavam sob outras luzes que brilhavam em seus cabelos e em seus olhos.

E havia muitas vozes, de homens e de outras mulheres, ruído de copos, música. Mas isso tudo era vago: eu fixava a jovem mulher da poltrona, atento ao jogo de sombra e luz em sua testa, em sua garganta, nos braços: seus lábios moviam-se, eu via os dentes brancos, ela falava alegremente. Talvez fosse alguma coisa dolorosa para mim, eu percebia trechos de frases, mas ela estava tão linda assim, sentada sobre as pernas, os joelhos dobrados parecendo maiores sob o vestido leve, que o prazer de sua visão me bastava; uma luz vermelha corou seu ombro esquerdo, desceu pelo braço como uma carícia, depois chegou até o joelho. Eu tinha a ideia de que ela zombava de mim, mas ao mesmo tempo isso não me doía; sua imagem tão viva era toda minha, de meus dois olhos, e isso ela não me negava, antes parecia ter prazer em ser vista, como se meu olhar lhe desse mais vida e beleza, uma secreta palpitação.

Mas agora todos tinham sumido. Ergui-me, fui até a varanda, já era madrugadinha. Sobre o nascente, onde a barra do dia ainda era uma vaga esperança de luz, havia nuvens leves, espalhadas em várias direções, como se durante a noite o vento tivesse dançado no ar. Depois, aos poucos, foi se acendendo um carmesim, e sob ele o mar se fez quase verde. Eu ouvia a pulsação de um motor; um pequeno barco preto passava para oeste, como se quisesse procurar as sombras e precisasse pescar na penumbra. Imaginei a faina dos homens lá dentro, tomando café quente na caneca, arrumando suas redes, as mãos calosas puxando cabos grossos, molhados, frios, as caras recebendo o vento da madrugada no mar, aquele motor pulsando como um fiel coração. Duas aves de asas finas vieram de longe, das ilhas, passaram sobre meu telhado, em direção às montanhas. De longe vinha um chilrear de pássaros despertando.

Dentro de casa, no silêncio, parecia ainda haver um vago eco das vozes que tinham falado na noite: os móveis e as coisas ainda respiravam a presença de corpos e mãos. E a poltrona abria os braços esperando recolher outra vez o corpo da mulher jovem. Apaguei as luzes, fiquei olhando o mar que a luz nascente fazia túmido. Uma brisa fresca me beijou. E havia um sossego, uma tristeza, um perdão, uma paciência e uma tímida esperança.

HISTÓRIA DE PESCARIA

O velho era eu; o mar, o nosso; mas a novela é bem menor que a de Hemingway.

Na véspera ouvíramos uma notícia espantosa: um *marlin* fora visto na Praia Azedinha. Não contarei onde fica a Azedinha; quem sabe, sabe, quem não sabe procure no mapa; não achará, e a nossa prainha continuará como é, pequena e doce, escondida do mundo. A notícia era absurda: os *marlins* costumam passar a muitas milhas da costa. Pois uma senhora o viu no rasinho, junto da pedra. As senhoras veem muita coisa no mar e no ar, que não há: mas Manuel também viu, e Manuel é pescador de seu ofício, e quando lhe mostramos a fotografia de um *marlin* disse: "Era esse mesmo".

Não acreditamos – mas passamos a manhã inteira no barco, para um lado e outro. Fomos até a Ilha d'Âncora; de lá inda botamos proa para leste muito tempo, até chegar à água azul, e nada. Matamos uma cavala e um bonito, pescamos de fundo e de corrico, voltamos sem esperança, de repente vimos uma coisa preta no mar. Que monstro do mar seria? Era grande o bicho dono daquela nadadeira, talvez um enorme cação; chegamos lá, era um peixe imenso e estranho que eu nunca tinha visto, e Zé Carlos diagnosticou ser peixe-lua, com uma cabeça enorme e um corpo curto, e Manuel confirmou: "Lá fora, no Mar Novo, eles tratam de rolão.". O bicho rolava sobre si mesmo, na verdade, perto da laje da Emerência.

Na volta eu peguei o caniço menor com linha de 9 libras, quem sabe que naquela laje perto de terra eu não matava uma enchovinha distraída? Botei o menor corocoxô de penas, passamos rente à laje do Criminoso, senti um puxão forte. Dei linha. Zé Carlos me orientava aos berros, Manuel achava que o anzol tinha é pegado na pedra, eu no fundo do meu coração achei que era o *marlin*. Não era, como vereis. Só ficamos sabendo o que era no fim de meia hora, na primeira vez que o bicho consentiu em vir à tona: um olho-de-boi que tinha seus vinte e cinco quilos; no mínimo vinte, isso nem tem dúvida, na pior hipótese deixo por dezoito; mas sei que estou fazendo uma injustiça.

Era grande e forte; logo disparou para o fundo, eu rodava a carretilha para um lado, ele puxava a linha para o outro; no que ele cansava um pouco, eu fazia força, ele vinha vindo a contragosto como um burro empacado, depois ganhava distância outra vez.

Tinha uma marca amarela na linha, parecia que lá no fundo ele estava vendo aquela marca. Quando chegava nela, e a marca ia sendo enrolada, ele disparava novamente. Meu braço esquerdo já estava doído de aguentar a iba na cortiça, o polegar da mão direita ferido no molinete, eu suava litros.

"Agora vem..." Eu sentia que ele tinha desistido no momento de se entocar numa pedra, estava mais perto da flor d'água, porém muito longe. "Está velando", dizia o Manuel; mas afundava outra vez, eu travava a linha quase toda, abaixava o caniço para folgar um instante, puxava, ele ganhava mais cinco, dez braças para o fundo. Duas vezes Manuel chegou a pegar o bicheiro para fincar no animal, que sumia novamente. Meu polegar estava em carne viva, eu tinha de pegar a manivela com os outros dedos contra a palma da mão; dava vontade de desistir, mais de uma hora e quinze de briga, meu braço tenso tremia, eu tinha de passar a mão na testa para afastar o suor que escorria para os olhos, estava praticamente exausto de músculos e de nervos, tive de apelar para o caráter – eu não podia ter menos caráter que aquele miserável olho-de-boi que no Rio eles chamam de pintagola e no Nordeste eles tratam de arabaiana!

Determinei que ele não havia de me partir a linha; aproveitava a mínima folga para puxá-lo. De uma vez que veio à tona ele entendeu de se meter debaixo do barco; agora ele surge à popa, dá uma súbita guinada para boreste, volta... Estou de pé, o cabo do caniço fincado na barriga, suando, fazendo força, Manuel ergue o bicheiro...

Acabou a novela: Zé Carlos fizera a hélice rodar, o arabaiana viu tudo, deu uma volta a ré, afundou, andou em roda, a hélice pegou a linha e partiu, adeus, olho-de-boi, meu recorde internacional de linha de 9 libras, para sempre adeus! Ficaste por esse mar de Deus com meu corocoxô de penas, meu anzol, uma quina amarela e umas braças de linha, adeus!

O MATO

Veio o vento frio, e depois o temporal noturno, e depois da lenta chuva que passou toda a manhã caindo e ainda voltou algumas vezes durante o dia, a cidade entardeceu em brumas. Então o homem esqueceu o trabalho e as promissórias, esqueceu a condução e o telefone e o asfalto, e saiu andando lentamente por aquele morro coberto de um mato viçoso, perto de sua casa. O capim cheio de água molhava seu sapato e as pernas da calça; o mato escurecia sem vaga-lumes nem grilos.

Pôs a mão no tronco de uma árvore pequena, sacudiu um pouco, e recebeu nos cabelos e na cara as gotas de água como se fosse uma bênção. Ali perto mesmo a cidade murmurava, estava com seus ruídos vespertinos, ranger de bondes, buzinar impaciente de carros, vozes indistintas; mas ele via apenas algumas árvores, um canto de mato, uma pedra escura. Ali perto, dentro de uma casa fechada, um telefone batia, silenciava, batia outra vez, interminável, paciente, melancólico. Alguém, com certeza já sem esperança, insistia em querer falar com alguém.

Por um instante, o homem voltou seu pensamento para a cidade e sua vida. Aquele telefone tocando em vão era um dos milhões de atos falhados da vida urbana. Pensou no desgaste nervoso dessa vida, nos desencontros, nas incertezas, no jogo de ambições e vaidades, na procura de amor e de importância, na caça ao dinheiro e aos prazeres. Ainda bem que de todas as grandes cidades do mundo o Rio é a única a permitir a evasão fácil para o mar e a floresta. Ele estava ali num desses limites entre a cidade dos homens e a natureza pura; ainda pensava em seus problemas urbanos – mas um camaleão correu de súbito, um passarinho piou triste em algum ramo, e o homem ficou atento àquela humilde vida animal e também à vida silenciosa e úmida das árvores, e à pedra escura, com sua pele de musgo e seu misterioso coração mineral.

E pouco a pouco ele foi sentindo uma paz naquele começo de escuridão, sentiu vontade de deitar e dormir entre a erva úmida, de se tornar um confuso ser vegetal, num grande sossego, farto de terra e de água; ficaria verde, emitiria raízes e folhas, seu tronco seria um tronco escuro, grosso, seus ramos formariam copa densa, e ele seria, sem angústia nem amor, sem desejo nem tristeza, forte, quieto, imóvel, feliz.

DO CARMO

Encontro na praia um velho amigo. Há anos que a vida nos jogou para lados diferentes, em profissões diversas; e nesses muitos anos apenas nos vimos ligeiramente uma vez ou outra. Mas aqui estamos de tanga, em pleno sol, e cada um de nós tem prazer em constatar que não envelheceu sozinho. E cata, com amável ferocidade, os sinais de decadência do outro. Lamentamo-nos, mas por pouco tempo; logo, num movimento de bom humor, resolvemos descobrir que, afinal de contas, nossa idade é confortável, e mesmo, bem pensadas as coisas, estimável. Quem viveu a vida sem se poupar, com a alma e o corpo, e recebeu todas as cargas em seus nervos, pode conhecer, como nós dois, essa vaga sabedoria animal de envelhecer sem remorsos.

    Lembramos os amigos de quinze a vinte anos atrás. Um enlouqueceu, outro morreu de beber, outro se matou, outro ficou religioso e muito rico, há outros que a gente encontra às vezes numa porta de cinema ou numa esquina de rua.

    E Do Carmo?

    Respondo que há uns dez anos atrás, quando andava pelo Sul, tive notícias de que ela estava na mesma cidade; mas não a vi. Nenhum de nós sabe que fim levou essa Maria do Carmo de cabelos muito negros e olhos quase verdes, a alta e bela Do Carmo. E sua evocação nos comove, e quase nos surpreende, como se, de súbito, ela estivesse presente na praia e estirasse seu corpo lindo entre nós dois, na areia. Falamos de sua beleza; nenhum de nós sabe que história pessoal o outro poderia contar sobre Do Carmo, mas resistimos sem esforço à tentação de fazer perguntas; não importa o que tenha havido; afinal foi com outro homem, nem eu, nem ele, que Do Carmo partiu para seu destino; e a verdade é que deixou nele e em mim a mesma lembrança misturada de adoração e de encanto.

Não teria sentido reencontrá-la hoje; dentro de nós ela permanece como um encantamento, em seu instante de beleza. Maria do Carmo "é uma alegria para sempre", e sua lembrança nos faz mais amigos.

Depois falamos de negócios, família, política, a vida de todo o dia. Voltamos ao nosso tempo, regressamos a hoje, tornamos a voltar. E de súbito corremos para a água e mergulhamos, com o vago sentimento de que essa água sempre salgada, impetuosa e pura, não limpa somente a areia de nosso corpo; tira também um pouco a poeira que na alma vai deixando a passagem das coisas e do longo tempo.

VISÃO

No centro do dia cinzento, no meio da banal viagem, e nesse momento em que a custo equilibramos todos os motivos de agir e de cruzar os braços, de insistir e desesperar, e ficamos quietos, neutros e presos ao mais medíocre equilíbrio – foi então que aconteceu. Eu vinha sem raiva nem desejo – no fundo do coração as feridas mal cicatrizadas, e a esperança humilde como ave doméstica – eu vinha como um homem que vem e vai, e já teve noites de tormenta e madrugadas de seda, e dias vividos com todos os nervos e com toda a alma, e charnecas de tédio atravessadas com a longa paciência dos pobres – eu vinha como um homem que faz parte da sua cidade, e é menos um homem que um transeunte, e me sentia como aquele que se vê nos cartões-postais, de longe, dobrando uma esquina – eu vinha como um elemento altamente banal, de paletó e gravata, integrado no horário coletivo, acertando o relógio do meu pulso pelo grande relógio da estrada de ferro central do meu país, acertando a batida do meu pulso pelo ritmo da faina quotidiana – eu vinha, portanto, extremamente sem importância, mas tendo em mim a força da conformação, da resistência e da inércia que faz que um minuto depois das grandes revoluções e catástrofes o sapateiro volte a sentar na sua banca e o linotipista na sua máquina, e a cidade apareça estranhamente normal – eu vinha como um homem de quarenta anos que dispõe de regular saúde, e está com suas letras nos bancos regularmente reformadas e seus negócios sentimentais aplacados de maneira cordial e se sente bem-disposto para as tarefas da rotina, e com pequenas reservas para enfrentar eventualidades não muito excêntricas – e que cessou de fazer planos gratuitos para a vida, mas ainda não começou a levar em conta a faina da própria morte – assim eu vinha, como quem ama as mulheres de seu país, as comidas de sua infância e as toalhas do seu lar – quando aconteceu. Não foi algo que tivesse qualquer consequência, ou implicasse em novo programa de atividades; nem uma revelação do Alto nem uma demonstração súbita e cruel da miséria de nossa condição, como às vezes já tive.

Foi apenas um instante antes de se abrir um sinal numa esquina, dentro de um grande carro negro, uma figura de mulher que nesse instante me fitou e sorriu com seus grandes olhos de azul límpido e a boca fresca e viva; que depois ainda moveu de leve os lábios como se fosse dizer alguma coisa – e se perdeu, a um arranco do carro, na confusão do tráfego da rua estreita e rápida. Mas foi como se, preso na penumbra da mesma cela eternamente, eu visse uma parede se abrir sobre uma paisagem úmida e brilhante de todos os sonhos de luz. Com vento agitando árvores e derrubando flores, e o mar cantando ao sol.

AS LUVAS

Só ontem o descobri, atirado atrás de uns livros, o pequeno par de luvas pretas. Fiquei um instante a imaginar de quem poderia ser, e logo concluí que sua dona é aquela mulher miúda, de risada clara e brusca e lágrimas fáceis, que veio duas vezes, nunca me quis dar o telefone nem o endereço, e sumiu há mais de uma semana. Sim, suas mãos são assim pequenas, e na última noite ela estava vestida de escuro, os cabelos enrolados no alto da cabeça. Revejo-a se penteando, com três grampos na boca; lembro-me de seu riso e também de suas palavras de melancolia no fim da aventura banal. Eu quis ser cavalheiro, sair, levá-la em casa. Ela aceitou apenas que eu chamasse um táxi pelo telefone, e que a ajudasse a vestir o capote; disse que voltaria...

Talvez telefone outro dia, e volte; talvez, como aconteceu uma vez, entre suas duas visitas, fique aborrecida por me telefonar em uma tarde em que tenho algum compromisso para a noite. "A verdade" – me lembro dessas palavras de uma tristeza banal – "é que a gente procura uma aventura assim para ter uma coisa bem fugaz, sem compromisso, quase sem sentimento; mas ou acaba decepcionada ou sentimental..." Lembrei-

-lhe a letra de uma música americana *I am getting sentimental over you*. Ela riu, conhecia a canção, cantarolou-a um instante, e como eu a olhasse com um grande carinho meio de brincadeira, meio a sério, me declarou que eu não era obrigado a fazer essas caras para ela, e dispensava perfeitamente qualquer gentileza e me detestaria se eu quisesse ser falso e amável. Juntou, quase nervosa, que também não lhe importava o que eu pudesse pensar a seu respeito; e que mesmo que pensasse o pior, eu teria razão; que eu tinha todo o direito de achá-la fácil e leviana, mas só não tinha o direito de tentar fazê-la de tola. Que mania que os homens têm...

Interrompi-a. Que ela, pelo amor de Deus, não me falasse mal dos homens; que isso era muito feio; e que a seu respeito eu achava apenas que era uma flor, um anjo *y muy buena moza*.

Meu bom humor fê-la sorrir. Na hora de sair disse que ia me dizer uma coisa, depois resolveu não dizer. Não insisti. "Telefono." E não a vi mais.

Com certeza não a verei mais, e não ficaremos os dois nem decepcionados nem sentimentais, apenas com uma vaga e suave lembrança um do outro, lembrança que um dia se perderá.

Pego as pequenas luvas pretas. Têm um ar abandonado e infeliz, como toda luva esquecida pelas mãos. Os dedos assumem gestos sem alma e todavia tristes. É extraordinário como parecem coisas mortas e ao mesmo tempo ainda carregadas de toda a tristeza da vida. A parte do dorso é lisa; mas pelo lado de dentro ficaram marcadas todas as dobras das falanges, ficaram impressas, como em Verônica, as fisionomias dos dedos. É um objeto inerte e lamentável, mas tem as rugas da vida, e também um vago perfume.

O telefone chama. Vou atender, levo maquinalmente na mão o par de luvas. A voz é de mulher e hesito um instante, comovido. Mas é apenas a senhora de um amigo que me lembra o convite para o jantar. Visto-me devagar, e quando vou saindo vejo sobre a mesa o par de luvas. Seguro-o um instante como se tivesse na mão um problema; e o atiro outra vez para trás dos livros, onde estavam antes.

AS MENINAS

Foi há muito tempo, no Mediterrâneo, ou numa praia qualquer perdida na imensidão do Brasil? Apenas sei que havia sol e alguns banhistas; e apareceram duas meninas de vestidos compridos – o de uma era verde, o da outra era azul. Essas meninas estavam um pouco longe de mim; vi que a princípio apenas brincavam na espuma; depois, erguendo os vestidos até os joelhos, avançaram um pouco mais. Com certeza uma onda imprevista as molhou; elas riam muito, e agora tomavam banho de mar assim vestida uma de azul, outra de verde. Uma devia ter 7 anos, a outra 9 ou 10; não sei quem eram, se eram irmãs; de longe eu não as via bem. Eram apenas duas meninas vestidas de cores marinhas brincando no mar; e isso era alegre e tinha uma beleza ingênua e imprevista.

Por que ressuscita dentro de mim essa imagem, essa manhã? Foi um momento apenas. Havia muita luz, e um vento. Eu estava de pé na praia. Podia ser um momento feliz, e em si mesmo talvez fosse; e aquele singelo quadro de beleza me fez bem; mas uma fina, indefinível angústia me vem misturada com essa lembrança. O vestido verde, o vestido azul, as duas meninas rindo, saltando com seus vestidos colados ao corpo, brilhando ao sol; o vento...

Eu devia estar triste quando vi as meninas, mas deixei um pouco minha tristeza para mirar com um sorriso a sua graça e a sua felicidade. Senti talvez necessidade de mostrar a alguém: "veja, aquelas duas meninas...". Mostrar à toa; ou, quem sabe, para repartir aquele instante de beleza como quem reparte um pão ou um cacho de uvas em sinal de estima e de simplicidade; em sinal de comunhão; ou talvez para disfarçar minha silenciosa angústia.

Não era uma angústia dolorosa; era leve, quase suave. Como se eu tivesse de repente o sentimento vivo de que aquele momento luminoso era precário e fugaz; a grossa tristeza da vida, com seu gosto de solidão, subiu um instante dentro de mim, para me lembrar que eu devia ser feliz naquele momento, pois aquele momento ia passar. Foi talvez para fixá-lo, de algum modo, que pedi a ajuda de uma pessoa amiga; ou talvez eu quisesse dizer alguma coisa a essa pessoa e apenas lhe soubesse dizer: "veja aquelas duas meninas...

E as meninas riam brincando no mar.

BIOBIBLIOGRAFIA

Rubem Braga nasceu em Cachoeiro de Itapemirim, no estado do Espírito Santo, em 1913. Estudou Direito no Rio e em Belo Horizonte, onde se formou em 1932, época em que passou a se dedicar profissionalmente ao jornalismo, como repórter e cronista do *Diário da Tarde*, depois da estreia no jornal em 1929, no *Correio do Sul*, de Cachoeiro. Como jornalista trabalhou durante anos em Minas, São Paulo, Porto Alegre, Recife e Rio. Durante a Segunda Grande Guerra foi correspondente do *Diário Carioca* na Europa. Mais tarde, viveu no Chile, como chefe do Escritório Comercial do Brasil, e no Marrocos, como embaixador. De suas andanças pelo Brasil e pelo mundo ficariam muitos traços em suas crônicas, que o deixaram famoso no país, desde a década de 30, anos difíceis de luta e perseguição política que ele viveu intensamente na militância contra a ditadura do Estado Novo, conforme atestam também seus escritos. Apesar das muitas viagens, o escritor nunca deixou de retornar sempre ao remanso do Itapemirim e à origem capixaba. Cachoeiro foi uma espécie de foco poético de seus textos, permanentemente voltados para as fontes da infância e das lembranças da terra natal.

É de 1936 sua estreia em livro, com a coletânea de crônicas intitulada *O conde e o passarinho*. A esta se seguiriam muitas outras, várias vezes reeditadas, dando mostras do carinho com que o leitor brasileiro tem acolhido suas histórias, que estão entre as contribuições mais finas e originais da prosa modernista. São elas: *O Morro do Isolamento*, 1944; *Com a FEB na Itália*, 1945 (reeditada em 1964, como *Crônicas de guerra*); *Um pé de milho*, 1948; *O homem rouco*, 1949; *Cinquenta crônicas escolhidas*, 1951; *A borboleta amarela*, 1956; *A cidade e a roça*, 1957; *Cem crônicas escolhidas*, 1958; *Ai de ti, Copacabana*, 1960; *A tradição das elegantes*, 1967; *200 crônicas escolhidas*, 1977; *Recado de primavera*, 1984. Em 1980, foi publicado ainda em Recife o pequenino *Livro de versos*, onde se reúnem os poemas do Autor, alguns deles editados pela primeira vez em 1944, com as crônicas de *O Morro do Isolamento*. Mas o poeta já fizera parte também da famosa *Antologia dos poetas brasileiros bissextos contemporâneos*, organizada por Manuel Bandeira em 1946. Naqueles versos, na maioria livres, longos e de andadura aparentemente prosaica, havia um ritmo ao mesmo tempo brusco e sutil, em que se expressava, com ironia, um poeta para quem a vida era uma "dolorosa exaltação". Era o mesmo lírico que, segundo Bandeira, fazia a singularidade e o encanto da prosa das crônicas.

    A presente coletânea acompanha, com alterações, uma seleção prévia do Autor, que reviveu, modificando por vezes bastante, os textos escolhidos. A qualidade literária e o caráter narrativo nortearam a escolha final destas crônicas que, sob vários aspectos, são também contos, formando mais que uma antologia, um livro novo do velho Braga, falecido em 19 de dezembro de 1990, no Rio de Janeiro.

ÍNDICE

Braga de novo por aqui	7
Notas	38
Tuim criado no dedo	41
Diário de um subversivo	45
A moça rica	49
O jovem casal	53
Negócio de menino	57
Coração de mãe	59
Marinheiro na rua	65
O homem da estação	69
Falamos de carambolas	73
Era uma noite de luar	77
Viúva na praia	85
A navegação da casa	89
Aula de inglês	95
Caçada de paca	99
A partilha	103

Noite de chuva	107
Os perseguidos	111
A mulher que ia navegar	115
Força de vontade	119
O espanhol que morreu	123
O rei secreto de França	125
Visita de uma senhora	129
Praga de menino	133
Um braço de mulher	139
Conto de Natal	147
Lembrança de Zig	151
Os amantes	157
O sino de ouro	163
A primeira mulher do Nunes	167
O cajueiro	173
Encontro	175
O afogado	177
Madrugada	181
História de pescaria	183
O mato	187
Do Carmo	189
Visão	191
As luvas	193
As meninas	197
Biobibliografia	199

COLEÇÃO MELHORES CONTOS

Aníbal Machado
Seleção e prefácio de Antonio Dimas

Lygia Fagundes Telles
Seleção e prefácio de Eduardo Portella

Breno Accioly
Seleção e prefácio de Ricardo Ramos

Marques Rebelo
Seleção e prefácio de Ary Quintella

Moacyr Scliar
Seleção e prefácio de Regina Zilbermann

Machado de Assis
Seleção e prefácio de Domício Proença Filho

Herberto Sales
Seleção e prefácio de Judith Grossmann

Rubem Braga
Seleção e prefácio de Davi Arrigucci Jr.

Lima Barreto
Seleção e prefácio de Francisco de Assis Barbosa

João Antônio
Seleção e prefácio de Antônio Hohlfeldt

Eça de Queirós
Seleção e prefácio de Herberto Sales

Mário de Andrade
Seleção e prefácio de Telê Ancona Lopez

Luiz Vilela
Seleção e prefácio de Wilson Martins

J. J. Veiga
Seleção e prefácio de J. Aderaldo Castello

João do Rio
Seleção e prefácio de Helena Parente Cunha

Ignácio de Loyola Brandão
Seleção e prefácio de Deonísio da Silva

Lêdo Ivo
Seleção e prefácio de Afrânio Coutinho

Ricardo Ramos
Seleção e prefácio de Bella Jozef

Marcos Rey
Seleção e prefácio de Fábio Lucas

Simões Lopes Neto
Seleção e prefácio de Dionísio Toledo

Hermilo Borba Filho
Seleção e prefácio de Silvio Roberto de Oliveira

Bernardo Élis
Seleção e prefácio de Gilberto Mendonça Teles

Autran Dourado
Seleção e prefácio de João Luiz Lafetá

Joel Silveira
Seleção e prefácio de Lêdo Ivo

João Alphonsus
Seleção e prefácio de Afonso Henriques Neto

Artur Azevedo
Seleção e prefácio de Antonio Martins de Araujo

Ribeiro Couto
Seleção e prefácio de Alberto Venancio Filho

Osman Lins
Seleção e prefácio de Sandra Nitrini

Orígenes Lessa
Seleção e prefácio de Glória Pondé

Domingos Pellegrini
Seleção e prefácio de Miguel Sanches Neto

Caio Fernando Abreu
Seleção e prefácio de Marcelo Secron Bessa

Edla van Steen
Seleção e prefácio de Antonio Carlos Secchin

Fausto Wolff
Seleção e prefácio de André Seffrin

Aurélio Buarque de Holanda
Seleção e prefácio de Luciano Rosa

Aluísio Azevedo
Seleção e prefácio de Ubiratan Machado

Salim Miguel
Seleção e prefácio de Regina Dalcastagnè

Ary Quintella
Seleção e prefácio de Monica Rector

Hélio Pólvora
Seleção e prefácio de André Seffrin

Walmir Ayala
Seleção e prefácio de Maria da Glória Bordini

Humberto de Campos*
Seleção e prefácio de Evanildo Bechara

*PRELO

GRÁFICA PAYM
Tel. (011) 4392-3344
paym@terra.com.br